肖像画家の回想
― アイルランドとアメリカからのエッセイ ―

ジョン・バトラー・イェイツ 著
日下隆平 監訳

大学教育出版

「いや、わしも人間ですからな。人間にかかわることなら何でも、わしにとって無縁とは思えんのですよ [1]」

テレンティウス『自虐者』77

---

1) 『ギリシア・ローマ名言集』柳沼重剛 編、岩波書店、2003 年、岩波文庫。古代ローマを代表する喜劇作家、テレンティウスの劇『自虐者』から引用。"*Homo sum; humani nihil a me totum alienum puto.*" 人間に関わる事象への幅広い共感を意味する語として近代の思想家たちに使われた。

推賞の言葉
― ジョン・イェイツの魅力 ―

A.E.（ジョージ・ラッセル）[2]

　成し遂げた功績によって讃えられる人もいれば、すぐれた人柄で讃えられる人もいる。私は芸術家としてのジョン・イェイツ氏を何にも増して評価するが、彼の天賦の才は、相手の人間性をありのままに受け入れる心の寛さではないかと思う。肖像画家が、知り会った人物、描いた相手すべてに興味を抱くのは決して容易なことではない。イェイツ氏による肖像画には、男女を問わずどれにも、彼の愛情がこめられているように思える。若者老人を問わず、彼の肖像画に描かれた人物にはその眼差しを通して語りかけてくる魂のようなものがあった。そのせいか、彼の描いた肖像画を見た後では、以前よりもその人物に好感を抱くようになったのである。最初に彼の絵を見ていなければ、きっとその人物をそれ程まで好きになることはなかっただろう。一部がすでに出版されている愉快な手紙やエッセイを読むと、肖像画のモデルに対して、イェイツ氏が心中ひそかに感じていたことが何となく伝わってくる。彼は肖像画の中でモデルとなる人物の本質を常に見極め、その人物らしい、あるがままの生き方を求めている。

　エッセイの一つで、彼の讃えるアメリカ女性が本来の生き方をするのは容易なことではない、と残念がる部分がある。一人の女性が、理想の娘、理想の妻、理想の友を兼ね備えようとするには、あるがままの人間性というだけでは十分とは言えないからである。おそらく、イェイツ氏は老子を知らなかっただろう。（それにしても、この知恵の泉が何と人々に知られていないことか。）だが、形而上学者、経済学者、理論家の思想では飽き足りないイェイツ氏なら、「自然のままであれ」という教えを信条にした、かの中国の賢人を好んだことだろう。それ以外の宗教はたいてい家庭の温もりや愛情から私たちを遠ざけ、

---

[2] ジョージ・ウィリアム・ラッセル（George William Russell, 1867-1935）：北アイルランドのアーマ州の生まれ。ジョンの子、イェイツとは学友でともに神智学協会に参加。青年時代のイェイツと交友があった。『歌とその泉』、『詩集』、『知恵の実』などで知られる。

厳しい戒律で縛りつける。しかし老子だけは物事の改善には終わりがないことを知るがゆえに、宗教指導者の中でただ一人、改善しようとする者のことを聞くためため息まじりに言うのである。理想の国では、人は今の自分に満足し、たとえみすぼらしくともその服を立派だと考え、質素な食事でも旨いと感じるものだ、と老子は述べた[3]。その教えから思い出すのはイェイツ氏のことだ。改善し過ぎるとアイルランド農民がこの地上から姿を消してしまう、という彼の懸念が思い浮かぶ。彼は自分が自然のままであることに喜びを感じていた。そのままの状態で、素朴で、心打つものを、なぜ変えようとするのか。自然のままとは、その価値が損なわれていないことである。

　イェイツ氏が絵画や手紙など随所で探し求めたのは、顔や精神をそのまま表す輪郭や感情であったように思える。オーペン氏[4]の精巧な筆遣いとイェイツ氏の見事なデッサンには確かに驚かされる。しかし、イェイツ氏の絵画で女性の顔に魅了されるのは、斬新な手法に対する一時的な興味からではない。大昔から受け継がれてきた女性らしい柔和な美が、その表情、眼差し、唇に描き出されているからだ。その優しい眼差しを見ていると、母親や妻なる者は、開闢以来、そのような眼差しで子を見守り、男たちを魅了し、みずからの周りに家庭や文明という隠れ場を築こうとしてきたのではないかと思うほどだ。イェイツ氏は、女性のこのような願いをよく理解していた。その願いとは、絵画を単なる美人画へと貶めた者たちが考えたような表面的な美ではなく、精神美であった。また、彼を知る者なら、相手を魅了する話術が、モデルの負担をどれほど軽くしたかを思い出すだろう。天は賢明にも、話術の才と肖像画家の才の両方をイェイツ氏に与えてくれた。芸術家とは、制作に没頭するあまり、いつまでも作品を完成させようとしないものだ。それというのも、画家とは、魂の新たな輝きを常に追い続け、もっと自然で相応しいと感じる表現があると、その時まで美しいとしていたものを新たな表現に変えようとするためである。画

---

[3] 『老子道徳教』80章。
[4] ウィリアム・オーペン（William Newenham Montague Orpen, 1878-1931）：アイルランドの肖像画家でケルト復興運動に関わった。市立美術館の設立者Sir Hugh Laneの友人としても知られる。第一次世界大戦中、従軍画家として多数のスケッチや絵を残した。

家に魅力的な話術でもなければ、モデルは絵が描き終わるまで我慢できないだろう。

　イェイツ氏を知る者は、このエッセイを読むうちに、彼の話に賛同しなくても、読む者の心をいつも刺激し、自ずから思索へと向かわせる、あの話し振りを思い出す。この時、読者は彼の深い思想に気づくことだろう。ただ、それは、どうかすると、深い意味を見落としてしまうほど、何気なく語られるであろう。また、とても愉快な愚行でさえ、某かの真理があると思えるほど、快活で楽しく語られる。こうした空想や気まぐれのような思いつきでも、たぶん本当のことのように思えてくるのである。自然が生み出す最も愉快な営みの一つは、自分の尻尾を追い回す子猫の姿だ。これ以外にも自然が創造した数多くの営みをみると、心温まる愚行には、さまざまな知恵の一つが示されているように思われる。その知恵こそ、生きるためにその喜びを見いだし、創造のためにつくる喜びを見いだすことに他ならない。あるいは、イェイツ氏が別の場所で述べているように、悲しみを忘れるために不運を受け入れることに相違ないだろう。

　私たちアイルランド人は、隣人に大切な美徳と生きるための心の張り合いを奪われたとき、自らを慰めるために時として不運を愛する以外に為すすべもなかった。そのことがアイルランド人にとって、どれほど辛いことであっただろうか。このエッセイを読む人たちは、イェイツ氏がとても機知に富む人であることを悟るはずである。彼は自分の愉快な言葉は、何を言おうが批判されることはないと考えたのだろう。「根拠のない意見だから、それを問い質すことはできない」と半ば悪戯っぽく語っている。私は、これを書いた人物の思想について議論や批評をするつもりは決してない。というのも、彼は私の理解を超えているからである。私にはこの本は楽しんで読むだけで十分である。それはきっと彼の友人たち、またこれを読み新しく友となる人たちにとっても同じことだろう。ともあれ、私たちは、ニューヨークのベリンガー夫人に感謝の念を抱いている。夫人は、これらのエッセイがさまざまな刊行物に掲載されると、それを切り抜き、大切に保存してくれていた。作家というものは、書いた内容、掲載雑誌のことなどすっかり忘れてしまっていることが多い。前述の子猫

とは違い、自分の尻尾を追い回すことに興味はないのだ。一冊の本にこのエッセイをまとめると、互いに光を反射しあい、ある一人の人物を再び映し出すことだろう。ダブリンを去ったが、誰も忘れようとしない、一人の人物を。

目 次

推賞の言葉―ジョン・イェイツの魅力― …A.E.(ジョージ・ラッセル)… *1*

サミュエル・バトラーの想い出 ……………………………………… *9*

故国追想 ……………………………………………………………… *20*

イングランド人が幸福なのはなぜか
　―あるアイルランド人から見たイングランド人の気質― …………… *30*

シングとアイルランド民族 ………………………………………… *40*

現代の女性―興味深い新たな女性像について― ………………… *50*

G. F. ワッツと芸術の手法 ………………………………………… *59*

〈解説〉
肖像画家と詩人
　―ジョンとウィリアム― ……………………………… 日下　隆平…… *77*

訳者あとがき ………………………………………………………… *98*

凡　例

1　本書はJohn Butler Yeats, *Essays: Irish and American*, 1918.の邦訳である。邦訳に当たっては、Dublin: Talbot Pressから同年12月に再版されたものを底本とした。
1　訳注は文意を、脚注は読者の理解に役立つ目的ですべて訳者が施したものである。
1　イラスト（5）・図版（4）は原本になく、本書だけのものである。
1　本書の理解に資するため、巻末に解説論文を付記した。

肖像画家の回想
────── アイルランドとアメリカからのエッセイ ──────

サミュエル・バトラーの想い出

バトラー[1]は私の学友であった。1867年から1868年にかけて、私はロンドンのニューマン街にあるヘザリー美術学校で学んだが、彼もそこで一緒だった。正直に言えば、バトラーには絵の才能がなかった。ジョン・ベリーニのような画家になることに、何年間も情熱を燃やしていたが、努力が報われることはなかった。彼には才能がなかったのだ。バトラーと知りあった頃、彼はそのことに気づき始めていたので、その様子は気の毒に思えるほどだった。私たちは彼を慰めようとして、有らぬ希望を与えて喜ばせたかもしれない。どれほど知性があっても、画家となるに相応しいものでなければ、決してなれるものではない。

私とバトラーにはスコットランド人の友人がいた。バトラーが彼を気に入っていたのは、音楽に詳しいからだった。その友人は、「うん。バトラー君、君は先生だね」とよく言ったものだ。そのあと、スコットランド人らしく、ゆっくりと小声で笑った。バトラーは、まるで先生のように、私たちみんなに規律を守らせていた。私たちは、互いに君づけではなく苗字だけで呼び合っていたが、バトラーを呼ぶときだけは、いつもバトラー君と敬称をつけて呼んだ。一度、大胆なロンドン子の友人が思い切って敬称をつけずに尋ねてみた。「アラ

---

[1] サミュエル・バトラー (Samuel Butler, 1835-1902)：ノッティンガムシャー出身。ケンブリッジを主席で卒業。聖公会の聖職者であった父の後を継ぐのを拒み、ニュージーランドに移住した。当地で牧羊業経営後に帰国。ダーウィンの進化論に対しては生涯批判的立場を貫いた。2作の代表作がある。『エレホン』(*Erewhon*, 1872) は匿名で発表されたユートピア小説。また、死後出版された『万人の道』(*The Way of All Flesh*, 1903) は自伝的作品である。

ンブラに行ったことがあるかい、バトラー?」と。ところがその際、彼はアルハンブラを「アランブラ」と発音してしまい、バトラーに反撃の機会を与えてしまった。[h]音をいつも発音するイングランド人は、[h]音を持たない相手を常に正すのだ。「その単語に[h]はあるのかい?」とバトラーは言った。この哀れな友人が思い切ってバトラーを敬称なしに呼ぶことは二度となかった[2]。これについては、私たちの誰もが同じであった。

　アイルランド人は、自分と対等の人間を好む。そのため、みんなが認めるように、仲間にするにはこの上なく素晴らしい。ドイツ人は自分より優れた人間を好む。ところが、イングランド人ときたら、自分より劣った人間と一緒にいるのを好み、それ以外の関係ではくつろげないのだ。将来を案ずる保護者は子供をパブリックスクールや大学に送り、結果として彼らに傲慢な態度を身につけさせる。イングランドには、冷笑なるものが二つある。一つは、いろいろな所で庶民が用いるあざけりであるが、これについては誰もその価値を認めない。もう一つは、大学やパブリックスクールで身につける冷笑であるが、それは外国人にさえ敬意を強いるものであり、ゲーテに強い印象を与えた。ホテルの従僕も冷笑を身につけているが、おおげさ過ぎて一目で表面的なものだとわかる。バトラーはとても丁寧で礼儀正しかったが、冷笑的態度がどことなくあった。慎重に隠そうとしているからこそ、いっそうそれが感じられた。

　私たちは美術を志していたので、ボヘミアンであろうとした。もしバトラーが仲間でなければ、そうなっていただろう。バトラーにはとてもお気に入りの生徒がいた。ある日、彼は、その生徒の手を握ると「やつ」などという言葉を使わぬように、と父親のような態度で諭したことがある。バトラーは頭からつま先まで「上流階級」のイングランド人であった。「上流階級」のイングランド人たるもの、信仰、妻子、財産、そして名声さえ進んで手放す。しかし、彼らには階級への自尊心が心底身についている。アクセント、表現、身振り、言い回しに、階級を表す痕跡(しるし)を入念に残す。こういったものを身につけていれ

---

2) コクニー訛りでは、語頭の[h]を発音しないことがある。この場合は、バトラーが逆に相手のコクニー・アクセントをからかっている。

ば、どこに行っても、どんな人物とも交際できることを知っているのだ。つまり、これらはパスポートのようなもので、貴族の自由を与えてくれる。イングランド人はみんな、貴族、平民を問わず、時には強引に、時には忍耐強く模索することで、自分の考えや行動を誰にも邪魔されない安全な場所を得ようとする。だが、その中でも上流階級のイングランド人は、最も自由である。相手がジェントルマンであると知ったなら、警官でさえ注意するのをためらうだろう。

『万人の道』[3] において、バトラーはイングランドの家庭生活を描いたが、それを読むと愛や共感は家庭生活に必須のものではないことが分かる。バトラーも、このような家庭生活で育った人間であるため、愛や共感にほとんど重きを置かない。それでも、バトラーほど優しい人間はいなかった。善良さは彼に生まれつき備わった性格であり、彼の大部分の作品や思想の源であったと思う。イングランド人はとても自分本位に人生を送り、信念からそんな生き方をしている。そんな彼らには、厳正なる法が適切に施行される必要がある。しかし、こうした法の及ばぬところでは、彼らは行動や思想についてこの上ない自由を求める。イングランド人が個人の自由をとても愛するのは、民族の顕著な特徴であり、あくまで自分たちのためにそうしているのである。そのことは何といっても、彼ら自身が他民族を進んで奴隷にしていることからも分かる。また、個人の自由への願望とともに、それと並行するかのように、人間性そのものへの深く高い評価が自由の根本的要素として生じた。清教徒主義は、この評価を受け入れようと悲痛なまでに努力したが、結局のところ失敗した。バトラーが善良なのは、人間性そのものを好んだためである。したがって、本来の心の糧を人間性から奪いかねない、慣習、幻想、偽善的な「上品な振る舞い」等の一切合切を痛烈に批判したのも、彼が人間性を好んだためだった。

ヨーロッパ大陸の人々は、人間性を嫌悪するため、ゴヤのような人物を生み出したのかもしれない。だが、イングランド人はそんな芸術にせいぜい蔑みの

---

3) 父に象徴されるヴィクトリア朝的価値観を否定し、神に出会う悲願の道への試行錯誤を通して、バトラー自身の自己形成過程を描いた半自伝的小説。*The Way of All Flesh*（原題）は彼の死後1903年に出版された。

眼を向ける程度である。ヨーロッパ大陸の人々は、法や規則など、もっぱら自分の金儲けに欠かせぬものを好んだ。しかし、たとえイングランド人が、大陸の隣人に距離を置いていたとしても、本心から彼らを嫌っていたわけではない。それどころか、実際のところは、己も強く持つがゆえに、隣人の利己心を好ましく感じているところがあった。エドマンド・バーク[4]に「この古代人の善良さと高潔」という語句がある。オランダ人も自由を愛する国民で、イギリス人と同じような善良さを持っている。レンブラントやシェイクスピアは、醜悪なものから芸術的快楽を引き出したが、それは愉快な笑いからであり、ゴヤのように、憎しみを込めた笑いからではない。実際にゴヤの作品をいくつか眺めていると、ゴヤは、自分の絵を見る人たちさえ憎んでいて、その絵を通して友人すべてを侮辱し、不快な気分にさせようと目論んでいるのではないか、という気になってしまう。つまり、その芸術が一種の不規則な衝動を刺激し、ゴヤや他の者に不快感や忌まわしい感情を引き起こしたのだろう[5]。バトラーは、自由な知性のおかげで、魂や感覚とひきかえに、他の者と分かち合える自由を手に入れることができた。いわば、彼は自らが好む自由を手に入れたのだ。確かに、スコットランド人は、自負心をもつとき、彼らとしてはいい気分になれるかもしれない。だが、バトラーは、みんなの感性や欲求など五感がありのままに働くのを願っていたので、自分たちは特別とするスコットランド人の自負心は、その弊害となるものだった。このことで、バトラーが譲ることはなく、ヘザリー美術学校においても同じであった。バトラーは、私たちが何らかの因習や妄想の虜になっていると考え、あざけりとユーモアを用いて私たちを解放しようと努めた。

　バトラーは、デッサンの授業ではいつも同じ所を自分の場所に決めていた。それは、できる限りモデルに近づき、細い絵筆で彼なりにジョン・ベリーニ流

---

4) エドマンド・バーク（Edmund Burke, 1729-97）：アイルランド出身の英国思想家。『フランス革命の省察』（Reflections on the Revolution in France, 1790）などの著書がある。

5) フランシスコ・デ・ゴヤ（Francisco José de Goya y Lucientes, 1746-1828）：の絵画には心の闇、暗い衝動、狂気などを示すテーマが共通して見かけられる。人間性を重んじたバトラーと対極にある。

の絵[6]を描くためだった。非常に集中して、たいていの場合、まったく口をきかずに、そこに立っていた。だが、何気ないおしゃべりにもじっと耳を澄ましていて、ウイットに富む言葉で相手を怯ませるチャンスをうかがっていた。バトラーは太い眉と、灰色の眼をしていた。――あるいは、明るい薄茶色であっただろうか。その眼は、絵の修業という希望の見えぬ苦労を重ねたので、疲れているように見えるときがあった。バトラーは、仲間の美術学生に精神的隷属や不誠実なものを見つけると、それが彼の誤解によるものであっても、手厳しく批判し、極めて誠実な人物をもひどく傷つけるようなことをよく言ったものだった。そのあとで、どんなことにせよ誠実さを尊重していたバトラーは、謙虚になり相手に謝罪したが、いつも受け入れられるわけではなかった。そのことを、私によく話してくれたものだった。そして寒々とした暖炉で燃え上がる小さな炎のような灰色の眼をみると、抗いがたく、心を打つような優しさを私は感じたものである。高潔な者がいつも寛大というわけではないし、ソロモンのように賢いわけでもない。

　この頃、私は美術学生として忙しく、朝から晩まで絵を描いていた。さもなければ、もっとバトラーと会おうとしていたはずだ。人を小馬鹿にするような表情に時として感じる優しさほど人を引きつけるものはない。その上、彼は私よりかなり年上であった。年上という存在は、純真な若者にとって魅力的なものである。当時の私は純真だった。今となってはあらゆる好機を失ってしまったと悔やむことがあるが、その一つがバトラーのことをよく知る機会を持たなかったことである。私はその頃あらゆる詩や芸術の根源にある人間性に、その詩人が悲観論者であれ、楽観論者であれ少しずつ感動し始めていた。仮にバトラーと多くの時間を過ごしていたなら、人生の教えを瞬く間に学べていただ

---

[6] ジョヴァンニ・ベリーニ（Giovanni Bellini, 1430-1516）：ヴェネチアン・ルネッサンスの画家のこと。ラスキンは色彩に関する講義（Slade Lectures, Oxford, 1870）で「ジョン・ベリーニに代表される絵画の頃を巨匠の時代とあえて言う。真にその名に値する時代であった」と述べている。ラファエル前派はジョヴァンニ・ベリーニの影響を受けたとされる。その講義は19世紀後半の絵画の傾向を伝えている。

ろう。マシュー・アーノルド[7]の考える「甘美と光明」は、バトラーの好みに合わなかった。そして、ワーズワースによる高尚な倫理にもまったく関心がなかった。アイルランド農民の間で見かける、愛情豊かな母親は、子が善良な人に育って欲しいと望むが、むしろそれ以上に強く願うのは、子の幸福である。そのようなことからも、人間性とは哀れなもので、苦悶し、欺かれるものだ、とバトラーは考えた。そこに彼の「優しい性質」と影響力の元になるものがあった。このことは、とりわけイングランド人らしさを示している。また、この点において、彼は特定の思想に偏らず、博愛主義者のようなところもなく、人間性をそのまま受け止めたのである。ましてや、哲学者でも、他の何者でもない。ただ、日常生活の現実的問題に直面し、対処する一人の人間にすぎなかった。彼は、優しいユーモアとこの上ない真の詩情で人を癒しながら、苦悩する人間すべての心の痛みを慰めた。

　バトラーは女性嫌いというわけではないが、結婚生活を受け入れることはできなかった。女性を好むのは、なによりも女性の性質が善良なためである、とバトラーから聞いたことがある。女性は彼と一緒に笑っても、彼を笑い者にすることはない。また、従順で教えをよく守るので、バトラーの教師的資質が生徒のような存在を好むのだった。彼は女性に対して、微笑みつつ、鷹揚な態度をとった。この保守的な時代では、魅力的な女性はいまだに中世に生き、遠慮がちに、悔い改めているかのようである。それは、まるで美しすぎること、あるいは、陽気で愛嬌がありすぎることに許しを請うているようなものだ。だから、バトラーが女性を劣った存在と考え、特に女性に対してはいつも親切に、父のように天真爛漫な態度で接したとしても、女性は少しも嫌がらなかった。バトラーがなぜ結婚を嫌うのか、その理由は容易に想像できる。結婚すると、バトラー特有の風変わりで気まぐれな思想や性癖を追い求める自由が奪われてしまう、と考えたからではないだろうか。普通のイングランドの男性はこんな思いやりを持たなかった。もっと粗野な気質で、自分や自分の妻子、召使い、

---

[7]　マシュー・アーノルド（Matthew Arnold, 1823-88）は「甘美と光明」という語句を『文化と無秩序』（1867）の中で用いた。Sweetnessは美、Lightは知性を表す。中産階級に欠ける要素として、美と知性を上げた。

「自分が所有するあらゆるもの」は好きに扱ってもよい、という大昔の特権を捨てようとしなかった。普通のイングランドの男性は家庭における唯一の存在で、家庭の統治者にして、かつ主人であった。妻は副官のような存在である。当然ながら、バトラーにはそのような生き方はできない。その結果、自由を維持するために、結婚生活という考えを永遠に退けてしまったのではないだろうか。もし彼が結婚するようなことがあるとすれば、間違いなく、夫の絶対的権力に対して何の疑問も示しそうにない伴侶を選んだであろう。

私が知っていた女性に、サヴェッジ嬢[8]という人物がいた。『万人の道』に登場する、善良な女性のモデルになった人物である。彼女は美術学校の生徒で、あまり若くない。また、足が不自由であった。人生は彼女にとって修練の場のようなものであった。彼女は美しく、丸みを帯びた顔をしていた。その眼は薄い青色で、澄みきり、輝きに満ちていた。頭は小さく、魅力的なまでに表情豊かで、端整な顔立ちをしていた。彼女からは、善良さと良識があふれ出ていた。彼女の性格にはあまり他人と打ち解けないところがあったが、たとえ話しかけることがないにせよ、みんな彼女を好いていた。間もなく、バトラーは彼女を笑わせるのは簡単だと分かったが、いつものように慎重だった。ある日、彼は私に意見を求めてきた。どこかで手に入れた、「少年クイズ」を彼女に出しても差し障りはないだろうか、という相談だった。「少年クイズ」は無邪気極まりないものであるが、彼女に相応しい内容ともいえなかった。助言の内容は忘れたが、これがもとで二人が親密な友人になった、ということだけは覚えている。

バトラーは結婚を避けていたが、彼も肉体的欲望には勝てなかった。「知り合いに、若い、針仕事をしている女性がいるのだが、いい娘でね。ミシンをあげたこともある。彼女と交際しているんだ」。そのことを告白する時、自嘲気味になり、彼でさえ逃れられぬ悲しき性を認めながらも、恥ずかしさで何度もうな垂れて退いた。彼もまた『万人の道』を歩まされることになった。自分の

---

[8] バトラーに『万人の道』の執筆を勧め生涯の友となる。エリザ・メアリー・アン・サヴェッジ（Eliza Mary Ann Savage, 1835-85）。

罪を告白することは、彼がいつも自分の人生観の一部としていたことである。さらに、それは社交的な性格や人を最も引きつける性質には欠かせぬものであった。

　バトラーは、ギリシア劇は好きではないとはっきり言っていた一方で、古典に秀でた生徒だった。古典のほかに彼が読むものといえば、シェイクスピアと『種の起源』[9)]とあとは聖書だけであった。彼にとって、『種の起源』は一番の愛読書であった。バトラーはお気に入りの生徒がいると、数日間にわたって観察し、そののち用心深く丁重な物腰で近づいた。──バトラーはいつも礼儀にうるさかった。──そして、こう尋ねたものである。「この本を読んだことがあるかい」と。おそらく、それから「この本を読んでごらん」とも言っただろう。バトラーは私にもその本を貸してくれたが、このことを私は今も誇りをもって思い出す。『種の起源』によって、人格神に対する彼の信仰は完全に破壊されてしまった、と話してくれたことがあった。

　ごくたまにではあるが、お決まりの質問をする代わりに、「神はいると思うかい」と生徒に尋ねることがあった。この件に関しては、生徒だけにとどまらなかった。モーズリーという名前のヌードモデルは、しばしば、ヘザリー美術学校でもモデルをしていた。バトラーはこのモデルを気に入っていた。彼の感覚に訴える、不思議な正直さを彼女に見いだしていた。一度、教室に深い沈黙が訪れた時、「モーズリー、神さまっていると思うかい？」とバトラーは尋ねた。びくともしないで、表情を変えずに、「いいえ、悪魔（ボギー）など信じておりません」とモーズリーの答えるのが聞こえた。バトラーはこんな返事を予想していなかった。陽気な、ロンドン訛りの、小生意気な言葉は、思いもよらぬものであり、バトラーが困惑して立ち去るのを見て、私たちは笑ったものだ。私たちは彼をだしにして笑うのが好きだったのだ。それに、当時、仲間のほとんどがキリスト教信者であった。実際、神の存在を疑うなど思いもよらないことだった。とはいえ、信仰への一抹の疑念が彼らの口を重くし、大胆な者

---

9)　チャールズ・ダーウィン（Charles Darwin, 1809-82）による、*On the Origin of the Species*は1859年11月に出版された。

の中には信仰に反対を唱える者もいた。それというのも今も昔も、アメリカでもイングランドでも、惰性のように身についた信仰心は芸術家の特徴だったからである。芸術家というのは、教会に行くこともなければ、宗教について考えることもない。彼らの信仰は、深く穏やかで眠気を誘うような惰性の中で、深く維持されてきたのである。私が思い出すのはある男のことである。後に名声を勝ち得た美術学生であった。彼は議論となると、とても感情的になり、気障で芝居がかった話し方をした。バトラーは、一言を何度も繰り返して応じるだけで「ばかな！」という一言で終わった。私は、このジェントルマンが今もなお正統な信仰をもっていると何の疑いもなく信じている。根拠のない信仰だからこそ、人は何を言われても信じるのである。

　バトラーの父親は、裕福な英国国教会の主席司祭であった。尊大で、権威のある人物であったと想像できる。というのは「予定通りに事が進まないと、父は必ず機嫌を悪くした」とバトラーが言ったことがあるからだ。バトラーが正統な信仰から離脱し、聖職者になる代わりに、芸術家になることを告げると、家族は彼への経済的援助をことごとく拒んだ。このことから、父親がバトラーのニュージーランド行きの渡航費用を支援した、という話は事実ではない。バトラーは私にかつてこう話した。友人がなんとか一万ポンドを用意してくれてその資金とすることができた、また、そのことは、それまでの人生で何にもまして誇りに思える、と。ニュージーランドには4年間滞在し[10]、その後、市場が好転したおかげで、イングランドへ戻り、借金を返済することができた。その一方で、自活して美術を続けていくのに十分な資金も蓄えることができた。バトラーは、ニュージーランドでの生活や、羊に対する嫌悪について話すことが好きだった。羊がいつも道に迷い、はぐれるので、気をつけるあまり、「羊」という言葉が心中深く刻みこまれたものだ、と話した。彼は、自分の馬どころか、他人の馬でも選り好みしなかった。「主は乗る馬を選ばず、馬の勇ましさを喜ばれない」[11]という言葉があるが、自分はまるでその主のようである、と

[10) 風刺小説『エレホン』(*Erewhon*, 1872) の中で、ニュージーランドでの生活が反映されている。風景描写には画家の目が感じられる。
11) 詩編147編10節に以下のような一節がある。

バトラーは語った。

　サム（サミュエル）・バトラーは真理の探究を望み、人生と信仰からヴェールのような幻想をすべて剥ぎ取りたいと願ったが、それは、まさしく詩人の特徴である。バトラーとその弟子、ジョージ・バーナード・ショーは、真実を追い求めると想像力豊かな人生に役立つ、と考えた。ミケランジェロが、イタリア人だけが芸術を理解できると述べると、ヴィットーリア・コロンナ[12]が「ドイツ絵画にも人の感情を動かすものがありますわ」と返した。すると、ミケランジェロは、「そうでしょうか、そんなものに心を動かされるのは感性が乏しいからです」と答えた。詩と想像力豊かな生活が開花するのは、真実が最高の状態にあるときに限られる。当然のことだが、中途半端な知識や思想に甘んずる教育は、感傷的な人間、へぼ詩人、修辞学者ばかりを数多く生みだすことになる。偉大な芸術家や偉大な詩人は、厳格な精神の持ち主ばかりだ。ミケランジェロは、ドイツ絵画を「女性、聖職者、そして上流の人々」にまさに相応しいものである、と述べた。詰まるところ、詩人というものは、何か信じるものがなければならない。そして、厳粛な思考がなければ、信じるものは生まれない、と。

　物事を徹底的に知る。それが無理なら、まったく何も知らないままでいる。これがバトラーの信条であった。この考え方は、古典教育に由来するものである。古典教育の重点は詳細な学識にあった。例えば、バトラーは21歳になるまで音楽を勉強したことがない、と言っていたが、その後、自由になる時間はすべて音楽に充てて学んだ。しかし、バトラーが関心を持ったのはヘンデルだけで、それ以外については知らなくとも満足していた。彼は徹底的に学べないなら、まったく学ぼうとしなかった。その目に、浅薄な知識は取るに足らない無知にうつり、浅薄な知識が見いだす精神的性癖は不幸をもたらすと考えていた。画家の中でバトラーが特に評価していたのは、ジョン・ベリーニのように、細かい部分まで徹底的にこだわる画家である。様式を軽蔑すると公言しな

　　主は馬の勇ましさを喜ばれるのでもなく／人の足の速さを望まれるのでもない。
12）ヴィットーリア・コロンナ（Vittoria Colonna, 1490-1547）：ローマの貴族の娘。ミケランジェロと親交があった。

がらも、バトラー自身、言葉の使い方において形式にこだわる人物であった。バトラーと私がよく昼食を食べに行っていた食堂があるが、そこでコーンミールがゆ[13]を「利用した」ことなどは一度もない、と話す男性に出会ったことがある。「利用する」("use")という動詞をこのように使用するのは、バトラーにこの上ない楽しみを与えることになった。というのも、私が彼がこの話を何度も繰り返すのを聞いたことがあるのだ。

　バトラーは、いつもシェイクスピアを読んでいたように思う。それ以外の詩は読んでいないと思うが、一度、夢中でホイットマンの詩を読んでいたことがある。彼はホイットマンを目に見えるものをすべて描く「目録製作者」[14]と呼んでいた。しかし、バトラーは生粋のイングランド人であり、誰も立ち入るのを許さぬ、自分だけの孤独が生みだす想像の中で思索した。それは、共感を好むフランス人が、他人を迎え入れる開放的な生活を想像して生きたのと対照的である。思い出すのは、最後にバトラーを見かけたときのことである。ロンドンの中心街から離れたところにある宿に泊り、一人朝食の席についていた。その前夜、私は、7、8年ぶりにアイルランドから出てきたところだった。その席から、バトラーが通り過ぎようとするのが見えた。うれしさと驚きで、彼を呼び止めようと、急いで窓を上に開けた。しかし、よくよく思案した結果、悲しいことだがはやる心を抑えた。私は窓を閉め、食事に戻った。「イングランド人の方から招かれていないのに、こちらから押しかけて邪魔をしてはいけない」と考えたのだった。

(*The Seven Arts*、1917 年掲載)

---

13) 穀類を水またはミルクでどろどろに煮た朝食用のかゆ。
14) ウォルト・ホイットマン（Walt Whitman, 1819-92）"the catalogue man" とは、カタログ的手法で、修辞を使わず目に見えるものをすべて列挙して詠おうとしたことにちなんで言われる。

故国追想

　英語圏のいたる所、いや、たいていの所で、君主制の原則が曲げられようとしている。学校で力を持つのは、教師ではなく生徒である。法廷でさえ、法の番人たる裁判官が、極めて慎重に裁判を進めるのも、世評を怖れるあまりのことだ。とうとう、その変化は家の中や家族にまで入り込んでしまった。もともと、家庭には二重の君主制があるのが常であった。言うなれば、母親は家の中を、父親は外の世界を治めてきた。商取引は、委員会、組織、株式会社の扱うところとなり、個々の人間は、血も涙もない数字によって管理される巨大な機械の単なる歯車か滑車の一つと化してしまった。同様に、家庭においても、専門家と称する最新科学か偽療法に詳しい者が母親に取って代わっている。また、母親の方からその役割を頼むこともある。母親が自分の役割を忘れて気ばらしに出かけることなど以前は考えられただろうか？
　こうしたことは興味深い変化であるが、同時に非常に重要な意味をもっている。ひとつには、世の中が家の主人(あるじ)と女主人という、もっとも絵になる人物を失ってしまったことだ。もてなしの心があった頃には、ほんのつかの間でも、屋敷の主人と女夫人という寛容な二人の微笑みに客は浴することができた。その思いやりのある心は、客の心を和やかにし、実に魅了するものであった。これに比べると、ワイン、食事、客などは副次的なもので、あまり重要ではない。もてなす側の豊かな愛情は、客の張り詰めた心そのものを暖かく包み、安らぎを与えた。今やすべてが変化し、客をもてなす心より、何によってもてなすかの方がもっと重要となっている。もはや人を楽しませるのではなく、自らが楽しむようになった。気心の知れた愛すべき客が集まる晴れやかな中庭で催される昔の甘美な晩餐会は、形を成さず消えてしまった。主人と女主人の愛

情、家の料理場、古風な屋敷とそこに集まる友人たちは意味のないものになった。今の人が求めるのは、現代風の食べ物や飲み物が出される場所で食事をすることである。だから、レストランで食事をすることになるが、そこは騒々しく、気が散る上に混雑している。私自身について言うと、そんな場所での食事より、気心の知れた人物の台所でのほうが、はるかにましだ。

　一人の人物が支配する時代は終わりを告げた。かつては、主人が権威を持ち、会話をリードし、女主人が会話を取り仕切っていた。女主人は、自分の話をする時間がなくても、客の話を聞くことはできた。客は会話の流れが女主人に向かうよう気を遣い、彼女の同意を求めながら話をした。若い頃のことである。食器がさげられたあと、時代物のマホガニー製のテーブルを囲んで座っていた。テーブルには、現在のように、目映いばかりに白いテーブルクロスなど掛けられていなかった。ワインの満たされたグラスとデカンター、客たちの顔や衣装、こういった多彩な色が、磨き上げられたテーブルの表面に映し出されていなければ、さぞかし陰気な雰囲気になっていたと思われる。頭上には、部屋の唯一の照明といえる装飾が施された華麗な枝つき燭台が下がっていた。晩餐会の輪の外には濃い影が落ちているため、人々の顔はレンブラントの肖像画さながらに見えた。潮時になると、女主人と貴婦人たちが部屋から立ち退き、後には男性だけの会話が残る。すると、その集まりが何とつまらないものになったことか！　女主人がいないとどれだけ寂しく思えたことだろう。神が女主人を取り囲んで、私たちと隔ててしまったのだ。

　君主制が家庭から消えたように、学校からも失われてしまった。私が教育を受けた学校では、教師が恐怖によって生徒を抑えつけていた。彼はスコットランド人で、それ以外に教える方法を知らなかった。だから、学校は少しも民主的とはいえなかった。だが、教師の前で震えても、互いを恐れることはなかった。学校には50人から60人ぐらいの生徒がいたが、不思議なほどさまざまな少年が集まっていた。本人の能力によるのか、家風のためなのか、ここで学ぶ少年たちは、どの少年もそれぞれ目立つ特徴を備えていた。親にお金がない時代のことであり、旅費は大きな負担であった。そのため、休日は少なくまとまったものではなかった。例えば、クリスマスでも実家に帰らなかった。どの

場所にも、郵便馬車[1]に代わる、低料金の鉄道がまだなかった頃である。それでも、私たちは実家のことばかり思って、生活していた。その思いが強くなって、取りつかれ、まさに、想像力を育む糧や飲み物であると同時に、精神を豊かにするものとなった。絶えず互いの家のことを話したものだ。この侘びしい住まいにおいて唯一の慰めとなるのは友情で、それぞれの家でよく似た趣味や経験があったことから生まれたものだった。教育方法は、言うなれば、耐えられないほど厳しいものであった。しかし、それゆえに、家庭がいっそう懐かしく思われた。私たちはもっぱら自分の家族のことばかり考えていた。

　幸福なときも、苦しいときも、近頃の学校で自由主義的な教育を受けた生徒たちとは較べようのないほどの集中力があった。最初に読む古代ローマの作家、コルネリアス・ネポス[2]、ラテン語の練習問題、ぞっとするほど嫌な、当時のラテン語文法、大きなラテン語の辞書やギリシア語の辞書など ─ 教育方法への反撥によって学習効率は高まると考えられた ── あるいは、家からの手紙、綿々と語る家の話、家への思慕の情など ─ 話題が何であろうと ── 年端もいかぬ無邪気な少年とは無縁の熱意で語りあった。12歳にもならない少年が、両親の不仲について、母親が弟を贔屓して可愛がることなどの悩みについて、小声で話してくれたのを思い出す。ある少年は、実家の生活が困窮しているのを心配していた。さらに、また別の少年は、誰もいない所へ誘って、インドの陸軍将校と結婚した美しい姉からの長い手紙を読んでくれた。おそらく、精神を集中するには、生真面目なスコットランド人を教師にして、昔ながらの拙い方法でギリシア語やラテン語を学ぶことほど優れたやり方はないだろう。

　少年とは、大人の共感と理解がとうてい及ばぬものとたいがい考えられる。少年の言うことを受け入れられるのは母親だけだ。そうできるのも、よく言わ

---

1) 郵便馬車：郵便だけでなく、乗合馬車としての役割も担った。馬車の中に4人の乗客が乗れたが、後には馬車の外側にも乗るのが許可された。アイルランドでは、1789年に始まった。1840、50年代に徐々に鉄道に代わっていった。

2) コルネリアス・ネポス（Cornelius Nepos, Bc.100-Bc.25）：共和制ローマの伝記作家。『英雄伝』を書く。平易なラテン語のため、イギリスでは入門的な教育に使われた。

れるように、子共への愛が母親を盲目にするからである。もともと、少年は最も純真かつ独創的な存在であって、想像的願望が泉のように湧き出てくるものである。もし、自発性を保持さえすれば、チャールズ・ラム、コールリッジ、シェリーのような人間になるかもしれない。あるいは、規模(スケール)が大きくなると、ダンテやミケランジェロのような人間になるかもしれない。

　近年の学校の使命とは、少年自身が年下の少年を世話し、まるで猛獣が子を躾けるように、楽しみながらその少年から個性を力ずくですっかり奪いとって、平均的な少年にすることである。それに関連して思い出すのは、あるイングランドの貴婦人が、まだ幼い息子に会うため、有名なパブリックスクールを訪ねたときのことである。彼女の話では、遠目には子供を他の少年と区別できなかった。彼女は力なく微笑み、こう付け加えた。「有名なパブリックスクールの生徒はみんな、他の生徒とまったく見分けがつかなくなることを望んでいるのでしょうか」と。とはいえ、世に傑出した個性をもつ人間が生まれることはもうないのだろうか。息子が学校を終えるころには、父、おじ、または周囲の人と変わらぬ、平均的な男性となるのを、この母親は知っていたのである。友人の一人にとても興味深い人物がいる。彼は自分だけの楽しみ、つまり、空想、想像力、信仰などにとても満足していた。教育もなく優れた珠玉の詩篇もなかったが、その男は詩人といえた。彼はもう少し学校で学ばなかったことを後悔していた。「学校で学んでいれば、ばかげた空想に耽ることは決してなかっただろう」、と言うのだ。この気の毒な男は、自分がどんなに幸福で興味深い人間であるのかを理解していない。分かっているのは、彼が他人と異なっているために、妻と友人みんながよく思わない、ということだけであった。その反対に、1830年のことであるが、友人たちに自分の短所こそ注意を払い入念に磨きなさい、と助言したフランス人の老画家がいた。

　昔の教育方法は手厳しいものだったので、生徒たちにとって耐え難いものであったが、個性という特徴を薄め、知らぬ間にそれを消滅させるようなことはなかった。だが、近年の学校では、毎日のように民主的手段で個性を消すことが行われている。18世紀に、イートン校のある有名な教師は、「私の任務は、ギリシア語を教えることであって、道徳を教えることではない」、と述べたこ

とがあった。そのような信念に満ちた時代には、人々は互いのことをあまり気にかけなかった。不幸せで、道を踏み外していても、他人が干渉してくることはなかった。ギリシア語を正しく学んでいれば、道徳などは個人の問題といえた。チャタム[3]が、暗に述べているように、彼がイートン校を卒業したとき、彼に「おびえる」生徒がいたかも知れない。だが、彼は近年の石臼のような学校生活で粉々に砕かれたなら、角のある、魅力あふれる、優れた個性を残すことはできなかっただろう。アメリカでもイングランドでもとても評価され、生徒を完全に掌握する近年の学校は、生徒の人格形成に強い影響力がある。その点で、もはや、「子供は大人の父」[4]（「三つ子の魂百までも」の意味）というよりも、むしろ、「生徒は大人の父」というほうが、正確であろう。

だが、アイルランドにおいては事情が異なる。昔ながらの容赦なく厳しい教育方法は放棄され、生徒が教師を恐れることもなければ、生徒同士がお互いを怖がることもない。こうも説明できよう。アイルランド人は、大人、子どもを問わず、また上下の区別なく、民主主義者というよりは、はるかに貴族主義者なのである。アイルランド人の原点は、故国と家族にあり、両者に激しい愛着を持っている。そのため、実は学校や大学に帰属することなく、卒業してしまうのである。

このような理由で、アイルランドでは、相変わらず、学校や大学より、家庭のほうが強い影響力を持っている。これは、イングランドの状況、また今後のアメリカでの状況とは、まったく逆の現象といえる。アイルランド人は、上下の別なく貴族主義者だと言うとき、貴族的であるとか、貴族指向が強いとか、いくばくか近頃のイングランド貴族と似たところがある、などということではない。私が言いたいのは、彼らが、非凡で、他民族とは違っていると思いたがる、ということだ。それ故、誇りを抱くのだ。自然は、私たちが背くことがなければ、人間にそれぞれ違った生き方を用意するであろう。森の中のありとあ

---

3) チャタム伯ウィリアム・ピット（William Pitt, 1st Earl of Chatham, 1708-78）：18世紀の政治家・首相（任 1766-8）。

4) 「三つ子の魂百まで」ウィリアム・ワーズワース（William Wordsworth, 1770-1850）'My Heart Leaps Up'の一節。

らゆる葉、小枝、木が一つ一つ異なっているのと同じことだ。自然の女神は、一人一人が異なるアイルランド人の姿に喜び、たくましいわが子が自分の利益のために戦うのを見て微笑むのである。

　アイルランドの典型的な家庭は貧しく野心的だが知的な面もある。私たちには、かつての「古き良きイングランド」[5]時代に特有のものであった、「おしゃべり好き」という国民的習性がある。現代のイングランドでは、はっきりしない大人が好まれる。ひっきょう、はっきりしない少年が好まれることになるのだ。アイルランドでは、大人も少年も機転が利くのが好まれる。のみ込みの悪い少年がいると、その子は、一か八か、イングランドへ送られ仕事に就く。

　しかし、利口な少年の場合、話は別だ。その子は、家庭に必要なことをすべて学ぶと、直ちに、家族の相談柱となる。家族どうし率直に話しあった結果、他に方法がないのである。その少年は、学費や大学を卒業するまでに必要とする費用、奨学金や賞を得るとどの程度その費用を減額できるかなど、細部にいたるまですべてを知っている。少年は成長するにつれ、弟たちが育って行くのをみて、若者らしい賢明さで、専門家のように彼らの今後の見通しについて大いに助言しようとする。彼は、母や姉妹が見守る中、常に勉強して頑張り過ぎるのだろう。しかも、少年は生真面目すぎる。母と妹の側では、少年を心配する気持が先立って、褒める気にならないのである。アイルランド人の母親の特徴は、実際にこう言えるであろう。イングランドの母親が子をいい気にならせるのとは異なり、アイルランドの母親は、子を気遣いながら愛すため、心配が先立ち褒めるところまでいかないのである。子どものことをよく知っているからこそ、判断が慎重になるのだ。家族でなされる大切な話し合いに、若さゆえの傲慢さで加わることで、新しく手に入れた知識に生命を与える機会を得る。父、母、兄弟姉妹など家族全員のことを気に掛ける必要がある。家族の命運が彼に懸かっているのだ。

　実業界に入り、決まった道をただこつこつと歩むことに専念していればよい者に比べて、その少年の頭が悪いわけではない。それどころか、その知性は絶

---

[5]「メリー・イングランド」：昔からの呼称で産業・都市が発達する前を懐かしむこと。

えず訓練されている。豊かな会話がその好奇心を活気づけることから、知的好奇心に満ちている。この点で、イングランドやアメリカの少年とは異なる。なるほど、限られた勉強に割く時間をさまざまな読書に費やしたい、という誘惑に駆られることがある。また、懐疑的であると同時に、人を信じやすい人間でもある。もし、快活かつ率直に意見を述べても警戒するものは誰もいない。イングランドの家庭では、商才が優位に立つが、アイルランドの場合は、知力が優位に立つ。私たちは、自由な知力の持つ勇気を愛する。少年の考えが大胆であればそれだけ一家にとっても高い希望が湧いてくるからだ。少年と家族はみんな「心を楽しませるもの」を良いことだと思っている。それは、聖パトリック以前から途切れることのないアイルランドの伝統である。だが、彼らに具体的にそのような娯楽は何もない。あまりに貧しく、ゆとりがないのである。いや、もっと的確に言うと、アイルランド人には数多くの「心を楽しませるもの」がある。それは、少年らしい友情や、家族の強力な情愛の絆の中に存在している。そしてアイルランド人であること、また、互いに支えあうのを希望していることから、やむを得ないことなのだ。大家族が暖炉を囲んで続ける長いおしゃべり、田舎道を歩く才気ある少年たちの長いおしゃべり、（これらは、決してはらはらするような娯楽ではない）言ってみれば、「スポーツ」などの楽しみとは似ても似つかぬものである。

　アイルランドの家庭が与えてくれるものがある。貧しい人には、海のように果てしなく深い愛情がある。その愛情は、彼らのせいでなくとも、無為ゆえに、時に海のように激しい渇望へと変化する余地が十分ある。富むものには、野心と自由な知性がある。そして、誰にでも、人間関係を悪くするのではなく、良くするような人間性についての古くからの知恵がある。

　イングランドの少年の場合、歴史はまったく異なる。有名で、歴史のある学校に入学する。両親、おば、いとこたちみんなが期待するように認められることを願う。彼の望みは、イートン校、ハロー校、またはラグビー校の生徒となり、オックスフォード生かケンブリッジ生になり、アクセント、服装、物腰に大学固有の特徴を身につけることである。アイルランドの少年にとって、この望みは不快であるのと同様、あり得ないことだ。家庭のほうが学校や大学より

影響力が強い。有名なイングランドの学校では、学生が互いに管理しあう。規則と礼儀に関する仕組みは、民主的に発展していったものなので、みんなが従わなければならない。この種の従順さは、イングランド的なものであって、アイルランド的なものではない。アイルランドの少年であれば、このように簡単に屈するはずはないのである。というのも、アイルランドの少年の背後には、感動的な劇のように潤いのある家庭生活が存在するからだ。イングランドの家庭生活には、そのような感動的な家庭生活は存在しない。イングランドの家庭生活は、裕福で、これといった事件もなく、法の保護下で、よそよそしく冷ややかなままである。

アイルランドの家庭では、よく起こることであるが、小説家を待ち望む。しかし、残念なことに、イングランドの読者は、アイルランドを題材にした小説など読まないし、アイルランドの読者はあまりにも少ない。そのため、アイルランドの慣習は注目に値するものにならないのだ。はっきりしているのは、アイルランド人は、少年、大人を問わず、独立した人間である、ということだけである。アイルランド人は、とても陽気で社交的な人柄で、真の仲間と言えることがしばしばある。また、どんな状況にも適応できるだろう。それでいて、他人との距離は保ち続ける。友人にとってさえ不可解で、心を読みとることができない。私の考えでは、このことは正しいと思う。人は他人の秘密を読みとることが可能であってはならない。産みの母親だけは例外で、時には恋人が含まれてもよい。ところが、普通の裕福なイングランド人は秘密というものを持たない。というのも、イングランド人のことなら、預金通帳、教理問答集、クラブ規則、国法を見ればたいがいは知ることができるからだ。イングランド人は、敬服すべき国民で、鉄道時刻表と同じように、（鉄道時刻表を見れば次の便の時刻が分かるのと同じくらい、）問いの答えを予測しやすい。イングランドの母親は、学校の玄関で子どもと別れるとき、息子を失うのではと考え、ため息をつく。だが、イートン校、またはハロー校の賢い生徒に生まれ変わって戻ってくると思うと、誇らしくなる。アイルランドの母親は、そのような希望や恐れは抱かない。息子は、自分のそばを離れたときの姿で戻ってくるだろうと信じて疑わなかった。また、息子がインドへ配属され、よく訓練されたパブ

リックスクール出身のイングランド人たちを配下にして地方を統治するようになろうとも、変わることなく、母親が心から願う情熱的なアイルランドの少年であり続けることだろう。

　アイルランドの教育における主な要因は、学校ではなく、家庭にある。アイルランドの家庭は、わずかな財産、知性、そして野心も座談と結びついている点で独特のものがある。この語らいがなければ、アイルランドの家庭とは言えない。どの荘園領主の館や小屋からも、楽しい語らいの香りが立ち昇る。その点で私たちは最も優れている。私たちにとって、旅はすべて話し手同士が出会うところで終わる。「私たちは、ギリシア人以降、最も優れた座談の名手である」とオスカー・ワイルドは述べた。どんなものでも、アイルランドの改革が提案されると、——それは数え切れないほど出されたが——その改革が私たちの語らいにどれほどの影響を及ぼすか、といつも考えてしまう。フランスには芸術と文学があり、イングランドには貴族院があり、アメリカには非常に強い進取の精神がある。私たちには、座談がある。食事を性急に待つのも、会話に飢え、渇望しているからである。議論のためや座談の名手になるためでなく、話し相手を好むために、食事の時間を待つのだ。人の声、顔、微笑み、しぐさ、そして、少し改まった家庭内の会話などすべてが好きなのだ。改まった話も、話術と巧妙な話し方で、深刻な話から陽気なものへと途切れることなく移り変わっていく。私たちが好きなのは、人間性そのものなのである。だから、人間性を声に出すのだ。会話は至上のものなのである。アイルランドに「孤立するぐらいなら、口論するほうがましだ」という信条があるように、私たちは敵さえも好きになる。アーサー・シモンズ[6]が、西アイルランドで、案内人の小屋に滞在したとき、私の娘に「この人たちが寝ることはあるのだろうか」と尋ねたという。そう思えるほど、互いに話す話題は尽きない。

　「今日、イングランドは、アイルランドとスコットランドなしではやっていけない。少なくとも、正常な精神が多少ともなければやっていけないからね」

---

6) アーサー・シモンズ（Arthur Symonds, 1865-1945）：詩人・批評家・象徴主義運動の指導者として知られる。ジョンの息子ウィリアム・イェイツと親交があった。彼はウィリアム・イェイツと1899年にアラン諸島を訪ねた。

とバーナード・ショー[7]は述べた。アイルランド人とスコットランド人は、ともに話し好きなのである。

　もし、愛と幸福のために民族が救われるなら、また、芸術や詩が湧き出るような状況を取り戻すなら、家庭が精力的にその役割を果たさなければならない。

（*Harper's Weekly*, 1911 年掲載）

7）ジョージ・バーナード・ショー（George Bernard Shaw, 1856-1950）：アイルランド出身の劇作家・劇評家。

イングランド人が幸福なのはなぜか
―あるアイルランド人から見たイングランド人の気質―

　己を知り、どうあるべきか究めるには時間を要するが、その際、人間には二つの型があり、その方法にも二通りある。一方は、昼夜を通して、自分のことしか頭になく、自分の精神、心、肉体、そして一時かつ永遠の幸福を大切にするタイプの人である。また他方には、寝食を忘れて、偉大な思想、大義、宗教に没頭し、情熱的な愛、または博愛精神、戦時の憎しみにさえ夢中になるタイプの人がいる。二つの方法のうち、前者はイングランド人の信条に見いだされるのに対して、後者はフランス人に見いだすことができる。
　イングランド人は幸運な国民である。もしくは、幸福な過去においてはそう思えた。最初の幸運は、荒れた海に四方を取り囲まれ、高い崖にさえぎられた島で生活し、育った歴史をもつことである。次の幸運は、最初の幸運に由来するものであるが、強力な中央政府に一度も服従したことがない、ということだ。世界の有名な民族の中で、イングランド人ほど支配された経験がない国民はない。イングランド人ほど自由な国民はなく、強いて必要なのは、隣人と良好な関係を築いて暮らすことぐらいであった。確かに、隣人の中には、粗暴なノルマン貴族がいた。彼らはイングランド人を下等な民族とみなし、地主としてイングランド人を虐げた。地主と小作人の関係、民族の優劣という関係を別にすれば、イングランド人は仲間に囲まれ、自由な人間として生活していた。実際、兵士としての尊厳や名誉もなければ、忠実な服従や張り詰めた統制下に置かれることもなかった。イングランド人は粗野であっても、想像の世界は誰にも邪魔されることなく、自分だけのものであった。しかも、彼らの使用言語が圧制者のものと異なるため、精神的に侵略されることもなかった。彼らだけの世界、つまり自分の民族と親族だけで離れた所に暮らした。

ヨーロッパ大陸の他の国、特にフランスなどは、常に他国の略奪に晒されている。このため、平時から戦いに備え、男性は全員兵士で、戒厳令は他のすべての法律に優先した。どれだけイングランドが他国と戦い、他国から略奪しようと、追撃や報復を受けることはない。断崖の向こう側に居れば安全なのだ。どれほど他国の憎悪が大きくなり脅かされようとも、イングランド人の暮らしは安全で、敵をものともしなかった。平和時に、農民は自分の村や耕作地へ、商人は自分の店へ、貴族は城へと戻る。その一方で、罪を犯しても罰せられることがなかったので、自責の念に駆られることはなかった。他の国民が戦いに明け暮れ、自由を失ったのに対して、イングランド人は自由を享受し、平和裏に成長を遂げた。イングランドの貧しい人々が教わるのは、軍人の威厳でなく、彼らが社会的に劣っていることであった。だが、彼らは身分が高い者に平伏しても、頭の中では何を考えようと構わなかった。これは今も変わらない。彼らには、精神の自由が残ったのだ。フロワサール[1]は、イングランド農民の不潔な暮らしぶりに驚いた。しかし、もっと目を凝らして見れば、炉辺で燻る灰の下に、フランスではとっくの昔に消えてしまった自由の炎が燃えているのに気づいただろうに。

　フランス政府は軍事独裁政権であった。独裁が独裁を生み、自らを拡大しようとした。それ故、宗教、芸術、教育といった人民に影響力を持つものを導入し、自由を大切にしようとする力を押さえ込もうと企んだ。そのため、生まれた時から、国民は、権力、権威、伝統に服従するよう訓練される。それはひたむきで自発的な服従であるため、兵士は誇りをもって指導者に従い、生徒は教師の話を熱心に聴き、カトリック教徒は心から聖職者の命令に従うことを願う。国民は、自らが奴隷状態となるのに荷担している点で、同罪である。支配を行う側にその決定権があるので、国民が服従するのはなおさらのことである。国、教会、そして大学が大前提を与えるならば、みんなが自由に考え、みずからの結論を引き出すことができる。万人の思考法である演繹的論理には

---

1) ジャン・フロワサール（Jean Froissart, 1337-1405）：フランスの年代記作家・詩人。1360年イングランドに渡る。8年の滞在後、ヨーロッパ大陸を旅行。その後、引退し、オランダで14世紀のヨーロッパ史を扱った『フロワサールの年代記』を著した。

個々に考える自由がある。帰納的論理は、上流階級、高位の王族、兵士、治安判事、政治家たちの思考法である。時が経ち、フランスは兵士だけでなく、教師や演説者の国になったが、その一方で、創造的衝動は至る所で抑え込まれ、制限されたのである。フランス人は、軍隊や教会組織で堅く結ばれ、団結し、強固な繋がりを得ることによってひとつの国家になったため、たちまち連帯感という天性を手に入れた。その結果、個人は次第に矮小化し、ついには国家の単なる歯車と化してしまった。この連帯感が、個々の演繹的論理と結びついた結果、美しい思想を豊かに生み出すことになったのである。その思想は、荒れ模様の空にかかる虹や宣教師の衣服のように美しい。すべての国民の中で、フランス人が最も絵のように美しく魅力的であるのと同時に、最も雄弁で説得力がある。文学、人生、そして万事において、フランス人の特質には社交性と思いやりがあり、伝道師のようなところがある。

　イングランド人はこのようなことでは万事において、正反対である。自由への情熱を持つものの、平等や同胞愛、あるいはフランス知性の栄誉たる理想にはまったく気にもとめない。事実、イングランド人には思想の形成能力が欠如しているため、自由を愛する感情でさえ思想や教義にはならない。つまり、知的認識ではなく習性にすぎない。習性の中にはイングランド人の中で成長を遂げ、血や骨となって、傍らでいつも用心深く見守るものもある。しかし、その習性はイングランド人に限るもので、万人に共通するものではない。イングランド人にとっては習性なので哲学とは言えない。そのため、イングランド人は、インドやアイルランドにしたように、他国を奪うとき、略奪を容易にするためその国からまず自由を奪う。しかし、良心を悩ませることはない。というのは、自由とはどんなときもイングランド人の自由を意味するからだ。無力でイングランドに抵抗できない国からは略奪できる権利がイングランド人の自由には含まれている。私には、フランス人とは常に学生に似た存在にみえる。学生のように学業に精を出すか、学校をサボり、規則から逃れ、教師に反抗するか、のいずれかである。一方、イングランド人は、言うなれば、正式な教育を受けていない人、つまり学校や大学で学んだことがない人のようなものである。彼らには、学業に精を出す学生がもつ魅力も、反抗的な学生の逸脱行為も

ない。最初に創造主の手から生み出されたときのままである。

　国家政府の兵役や税金を免除されること以外にも、イングランド人の歴史には、特筆すべき事実がある。イングランドへの平和的な移住は、戦いをともなう侵入と同じぐらい困難である。他国では、ペストや疫病で人口が減少しても、食糧を求める外国人が殺到することで、すぐに元に戻った。ところが、イングランドでこんなことは起こりようがなかった。人口が急に減少すると、一人あたりの食料がその分だけ増えることになる。なぜなら、島の外から食料を奪いにくる人間などいなかったからである。イングランドの人口は、中世を通じて少数のままだった。イングランド人は生来の陽気さや心の安らぎを備えている。それは、どうにか生きていれば暮らしは楽であり、食料も十分で暖かな服を身に纏うことができる境遇を喜ぶ歌からもわかる。かりに、死亡する人がいれば、亡くなった人には災難だが、自分にとっては好都合なのである。そのせいで今日に至るまで、イングランド人は異常なまでに自分の健康に気を使う。フランス人とアイルランド人が死を怖れないことは、イングランド人にとって常に衝撃的な驚きであった。イングランド人が一生懸命働く必要は一度もなかったし、大きな戦いに直面することもなかった。ただ自分の健康に気をつけていればそれで良かった。

　はるか昔、平穏で、労働も限られる反面、死者の数が多かった時代のことである。ジョンソン博士を苦しめたとされる死への恐怖とともに、ありとあらゆる習性と性質が、良くも悪しくもイングランド人に身についた。過去百年で、それらは目立たなくなってきたものの、その行動様式は今も残っている。イングランド人は、今もなお、自己満足、自己分析、自己非難、士気の高揚などさまざまなやり方で、黙想に耽る。彼らが話すのはいつも自分のことばかりで、話題が自分のことでなくなると、無口になる。話題にならず、褒められることも誹りを受けることもないのは、当惑するような経験なのである。彼らは自惚れの強い人ではないが、自分の話題がないと居場所がなくなるだけなのだ。アメリカ人は、増加する自分たちの富のことにかまけるあまり、イングランド人のことなど眼中にない。そのため、このニューヨークにいると、イングランド人は、物静かで寂しいのか、あるいは短気で喧嘩っ早いのか、どちらなのか見

分けがつかないほどだ。本国では、飽くことなき自己中心主義者と考えられているが、この地ではイングランド人のようではない。喜ぶときは、自分に喜んでいるのであり、不快なときも、やはり自分に立腹しているのである。また、彼らは、隣人といて不機嫌になることがあるが、真に反目する相手は自分自身であるため、折り合いをつけるのはとても難しい。変化するのは、思想ではなく、気分なのである。フランス人は、意見が激しく沸き起こる中で暮らすとしても、それこそがフランス人の環境なのだ。人と人とが、声高に怒号を飛びかわせながら、演説し、身振り手振りで論争し合う。イングランド人の社会には、内省による沈黙、つまり、内省を重視する国民が持つ沈着さがいつも存在する。フランスの場合、風変わりなうえ、論理的な思考回路から逸脱したものであっても、新芸術の流派や文学における新たな運動を興すのは大きな功績と見なされる。イングランドの場合、そのような運動は、受け入れられるかどうかは別にして、新しく登場したものに光を当てることであった。

　フランス印象主義は声高な議論とともに世へ紹介された。ターナー[2]の絵画は、不可解で、謎めいたところがあり、激しい気質を表現していたが、当初は話題になることがなく、その影響を受けた者は見当たらなかった。イングランド人は、衝撃を受けるとまるで心安らぐ自宅に籠もるように、自分の殻に閉じこもる。それに対して、フランス人は、おのれの世界から出て、友や思想の世界の中で周囲を取り込もうと運動を始める。フランス人は印象づけようと努める。それゆえ、フランス文学や芸術は劇的な驚きに満ちている。一方、イングランドの芸術や文学の場合は、いつも驚くような手法を避けてきた。もし、芸術や文学が感銘を与えたとしても、意図的なものでなく、いわば、そびえ立つ山が谷間の人々に強い感銘を与えるのと同じことなのである。その効果は人の不可思議な深奥からにじみ出るものであり、作品中の情調だけに限るなら、その表現力はリズムや調べをよりどころにしている。人はおのれを解明し、説明することはできない。せいぜい、冗長で空想的な音楽という芸術作品によっ

---

[2] ジョセフ・マロード・ウィリアム・ターナー（Joseph Mallord William Turner, 1775-1851）：最初の風景画家としてイギリス、ヨーロッパ大陸の風景を描いた。

て、心痛を癒し、怒りを和らげることくらいだ。フランスの芸術や文学は、思想との関連から、荘重な音楽より、むしろ芸術作品の強勢、活気、格調高さを用いることで、思想がすばらしく整然とし道理に適っているようにみせた。その結果、フランスでは、きわだって優れた知性を待ち望む。一方、イングランドでは、力強く、不可思議であるが、親しみやすい個人を待ち望む。その表現は、意識の深奥を探る人にだけ理解できるものなのである。フランスには庭園が、イングランドには荒野がある。しかし、庭師は新しい植物や低木を捜しに荒野をよく訪れることを忘れてはならない。帰納的精神が撒く種は、演繹的精神が移植し水をやる植物の種なのである。

　自分本位の人は、飽き飽きするほどおしゃべりで、常に自分のことばかり話すもの、と広く考えられている。こんな人間がイングランドにはあふれている。彼らは、習慣的にも本能的にも、おのれの好き嫌いが真理を判断する唯一の基準になるものだと考えている。そのため、幼稚でおめでたい者の場合には、嫌になるほど多弁になる。彼らの中には、チャールズ・ラム[3]のように楽しい、ユーモアを解する人もいれば、彼の騒々しい兄ジョン[4]のように、そうでない人もいる。実際、彼らの中には、うんざりさせる人、変わった人、流行かぶれの人、そして自分のことしか関心がない数え切れないほどの人たちも含めて、あらゆる種類の人が存在する。また、シェイクスピア派、ターナー派、ホガース派、コンスタブル派など詩や芸術の思想における偉大な先駆者と先人がいる。

　自分本位な人は、欠点を補ってなお余りある素晴らしい魅力がなければ、社会的には失格であろう。人と溶け込もうとせず、いかなるときも仲間と交わることができない付き合いづらいところがある。そんな人を尊重すべきなのか、完全に縁を切るべきなのか、判断の難しいところだ。晩餐会でも、イングラン

3）チャールズ・ラム（Charles Lamb, 1775-1834）：イングランドの随筆家・批評家。Eliaの筆名で知られる。

4）ジョン・ラム（John Lamb, 1763-1821）：父親は有名な法廷弁護士サミュエル・ソルトに仕えたが、ソルトの死後、一家には不運が訪れる。兄ジョンは家を出て行き、姉メアリは精神を病んだ。

ド人は、とんでもない誤解のために不当な扱いを受けることがある。そして、後になってからその言い訳を聞かされるはめになる。恋人たちは、いつも二人だけでいるのが楽しいものだ。これは諺にあるが、イングランド人の恋の相手は言ってみれば、自分自身なのだ。かたや、歓迎される客、社交的な人は、自分以外の人と恋をしている。そのことは、社交という些細な問題だけでなく、もっと重大な問題にも言えることだ。

　グラッドストン[5]は、イングランドのスコットランド人であったが、恐るべき慧眼の持ち主であった。その彼が、イングランド人にはかなりの規律が必要である、と書いたことがあったが、それは真実である。構成員がお互いの意見に従おうとしない社会では、明確な規則を定め、一定の刑罰を課し、規則を守らせる必要がある。かたや、フランス人は、作法を仕込まれているうえ、持ち前の社交能力によって「身の処し方」を知っている。規則を記憶する必要はない。彼らは直感的に知っているからだ。この内なる光がない場合には、当然の如く、理性、偉大な社交精神、親しい権威ある者、そしてその前では万人が平等となる賢明な判事に頼るのである。自己中心主義的なイングランド人には、このような持ち前の社交精神がない。彼らは、進んで理性に訴えることもない。近頃のイングランド人には、社交的でもなければ合理的でもない階級意識が深くしみ込むようになった。イングランド人がいつも回帰する本能には、自らの優劣という意識でなく、自らが異なっているという意識がある。階級には属さず、一般規則も適用されないユーモリストのような存在を考えるのだ。そのような人は、万人が平等となる裁判所に簡単に訴えることなどない。

　フランス人は紳士である。才能、教育、知性のいずれをとってもとても優れたものを有している。イングランド人は、これらに欠けるため、賞罰という骨の折れる方法で教え込む必要がある。鞭に打たれて教育されると、理性ある人間というより、よく訓練された動物のような存在となる。だが、──そのようなものは、単なる習性のもたらす恵みなのである──イングランド人は、

---

5) ウィリアム・エワート・グラッドストン（William Ewart Gladstone, 1809-98）：ディズレーリと共にヴィクトリア朝を代表する政治家。自由党党首。第3次選挙法の改正、アイルランド自治など多くの内政問題を手がけた。

嫌々ながら身につけたことを、最後には喜んでするようになる。法を遵守すること、つまり、厳しい規則によって違反が禁じられるうえに、杓子定規に違反が解釈されるのは、イングランド人にとって、逆に喜びであり、常に思考の対象となる。規則が厳重なため、とても重い気分になれるが、そうなのである。それは、規則というものが制限するものであったとしても、同時に、個人の自由の範囲を定め、確保するものだからである。イングランド人にとって、規則とは、思想の代わりになるものである。人々の熱意をかき立てることもなく、中には明らかに不適当なものもあるにもかかわらず、規則に従うことを喜んで自分の義務とする。法の及ばぬところでは、イングランド人は、扱い難く、傲慢になりがちで、隣人と口論し、骨をくわえた犬のように、自分の権利を失うまいと用心し、疑い深くなっている。

　だからといって、イングランド人が不幸というわけではない。どんな時でも自己満足しているという点で幸福である。実際、自己陶酔している自分本位の人間は、自分が座を白けさせる、常に邪魔者で、ネクラな人間だと、自覚することで、一種の喜びを味わうのである。そのことで、興奮することはないが、彼の支配意識を楽しませる。不思議に思えるかもしれないが、彼の嫌悪感をも楽しませる。いずれにせよ、私は、このような人間に、イングランド内外で会ったことがある。しかし、このイメージには別の側面がある。このような、人と打ち解けない自分本位の人間は、優れた学校教育を受け、振る舞い方を学び、グラッドストンが強く求めた規律を身につければ、最もすばらしい話をするようになる。なぜなら、その話は、全世界を分裂させる論理からではなく、全世界を親族にさせる、内なる個性から湧き出てくるのだから。その会話には、ほとんどいつも親密さと打ち解けた態度を感じる。聞き上手で、相手を否定し論破しようとはしない。それは、二つの考えがあると思っていたが、実は一つしか見つけることができなかったと残念がるような話しぶりである。教養あるイングランド人たちが共に話すとき、その様子は、夏の長い夜の間、森の中で腰を下ろし、静寂の中に近くの小川や枝を吹き抜ける風が生み出す音、あるいはナイチンゲールの鳴き声に耳を傾けるのに似ている。人はいつもこのように話すべきである。騒々しく、自信過剰の議論は、せっかくの知性を台無し

にする原因となる。

　自らの性質から、自分本位の人間は二つの価値ある特質を手に入れる。まず一つ目に、自己管理の方法を学ぶ。もちろん、これは、高度で難しい克己という術と同一ではないが、人生から最良のものを手に入れ、最悪のものを排除する方法について知ることは重要である。たとえ、人生そのものが、平凡かつ無味乾燥で、あるいは、不道徳かつ放埓なものであろうとも、そう言える。穏やかで巧みな自己管理は、イングランド人が成し遂げた優れた功績である。

　もう一つの特質はさらに重要なものとなる。自分本位な人間は、普通の女性が求める基準で言えば、夫として最高の存在となる。その夫は、まさしく、伴侶という言葉で言い表せるだろう。現状では、仕事に関することでは、妻は夫の十分な相談相手となることができないうえ、夫の信頼する事務員にも敵わない。しかし、夫婦には一種の友情、仲間意識のようなものがあり、妻はそれを必要なだけふんだんに与えることができる。それは夫が自分のことを話す時である。他人が入室を拒まれても、妻なら入れる部屋がある。そこで、夫は、妻に自分の苦しみ、痛み、悩みについて話す。膝やひじの痛み、あるいは、頭や背中にどこかは示せないが痛みがあること、咳で困っていること、さらに、過去の咳とどう違うか、ある人の咳と怖いほど似ていることなどについて打ち明ける。これらのことが、数えきれない傷の痛みと誇張された自己愛とを交えて語られるのだ。このように飽き飽きするほど事細かな愚痴は、たいがい重要なことでなく、妻以外の者なら耳を貸そうとはしないことばかりである。だが、「心優しい妻」は、注意深く、理解力があり、それをそのまま真に受けて聞いてくれるのである。それは妻の義務である。もしくは、義務だと思っているようだ。知性が高ければ高いほど、夫の話をすぐに聞いて信じてくれる。自分のことなど語るもうんざりだという夫と結婚した女性は、もちろん幸福な妻であるが、女性の満足度が最大で、最も幸福なのは、愚痴の多い夫と結婚した妻なのである。花の中にいるハチのように、妻の姿は、妻としての深い愛情の中に隠れてほとんど見えない。

　夫は、自分の世界の中で、自らのために生きることに幸福を見いだすが、妻は、自分の世界から出て、夫の世界の中で生きることに幸福を見いだす。妻と

夫の両方が満足している。これが、私が観察してきた、イングランドの夫婦生活である。この完成の域に達した姿に、人間の成長における二つの方法が並び立つのを見るのである。

(*Harper's Weekly*, 1907 年掲載)

シングとアイルランド民族

　ジョン・ミリントン・シング[1]と彼の劇に関して激しい論争が新聞紙上でなされているが、これは、いつの世にもなされる散文作家と詩人との間の議論といえる。シングの劇、その序文、そしてアラン諸島に関する作品は、彼の語り口のように、ありのままの詩情、空想、素朴な人柄、物質文明の毒に染まることのない哲学に富む、小さな村社会を描いている。岩の狭間に咲く野生の花と同じように、このような特質は、緊張と平穏が隣り合わせの生活から生じるのである。また、そこには苦みの強い薬草も育っている。かつてシングの会話を聴いたとき、そして今になって、彼の書いたものを読んだり観たりするとき、まれにだがふと考えることがある。この農民たちの社会こそ、イギリス諸島、つまり、英語を話す場所の中で唯一、シェイクスピアが幸福な客となるところではないだろうか、と。
　ショー氏[2]の劇に登場する人物たちなら、人間好きのシェイクスピアゆえに、いかなることにも退屈することはなかっただろうが、彼らにインスピレーションを与えられることはなかったであろう。シェイクスピアなら、アラン諸

---

1) ジョン・ミリントン・シング（John Millington Synge, 1871-1909）：以下のような戯曲があり、アイルランド文芸復興の中心的役割を担った。
　『海に騎り行く人々』 Riders to the Sea (1904)
　『聖者の泉』 The Well of the Saints (1905)
　『アラン諸島』 The Aran Islands (1907)
　『西国の人気男』 The Playboy of the Western World (1907)
2) ジョージ・バーナード・ショー（George Bernard Shaw, 1856-1950）：アイルランド出身の劇作家として多くの戯曲を手がけた。

島の農民たちのところに少しの間でもとどまり、交われば、オスカー・ワイルド[3]やショーと変わらぬウイットに富む語り口を身につけたかも知れない。しかし、情感豊かで、詩的創造力に富む、あのシェイクスピアであれば、空疎なお祭り騒ぎにはすぐに飽きてしまい、親切な農民と泥炭の火を囲んで座りこむと、彼らの言葉、歌うような言葉や名前、民話、幽霊物語などに耳を傾けることになるだろう。こうしたものは、心象、思惟、人生観、愛と憎悪から成る多彩な世界全体、そして時には荒々しい感情に形象を与える。そこからシェークスピアであれば詩劇を作り上げるだろうが、それらは、散文作家のインスピレーションによる、機知、風刺に富む、扇情的な劇などとはまったく別物となろう。

　シングにとって幸運だったのは、この地の農民が、現代の改革者のおかげで、暮らしぶりがよくなり姿を消してしまう前に、見つけだしたことである。私たちにはそれぞれの運命があり、シングにも運命があった。人生における出来事と偶然の出会いはどんなものでも彼の作品に役立ち、アラン島民の人々[4]と家族のように親しく暮らすことで、本当の自分を見つけることができたのだ。それは、単に外部の人には英語を用いるが、親しい仲間たちとは心奥の感情と憧れを語る言葉（ゲール語）で話すことから生まれたものであった。シングの運命とは、この人々と知り合い、彼らの存在を明らかにしてから生涯を終えることであった。そして、彼の言うことに耳を貸さず、端から理解しようとしない連中から、低俗で下品な作家にして芸術家、と非難される運命であった。連中がアイルランドにしてくれたことといえば、せいぜい、優れたアイルランド民族をことごとく躍起になって黙らせようとすることくらいである。

---

3) オスカー・ワイルド（Oscar Wilde, 1854-1900）：詩人・小説家・劇作家。オックスフォード大学在学中に、W. H. ペーター（Walter Horatio Pater, 1839-94）の唯美主義に影響を受ける。卒業後ロンドンに出て社交界の人気者となり、芸術至上主義を作品で唱えるとともにそれを実践した。

4) アラン諸島はイニシュモア、イニシュマーン、イニシーアの3島からなる。この頃ゲール語が失われつつありシングが島に滞在した1898年当時、アイルランド語復興をめざすゲール語連盟の支部が発足し活動を開始している。

シングの描く人々は、飾り気がないという意味で、純朴そのものであった。ヨーロッパ女性の足を見て、流行に敏感な中国女性であれば、あか抜けないと考えるだろう。だが、私たちには、その足が自然なものだと思える[5]。シングが不快に感じるのは、彼の描く人々が、修道院の面会室や上流階級の客間では好まれない、ということである。ニューヨークは、自らの進歩を誇り、高度な文化を持つと自負している。だが、ニューヨークが一休みして、この純朴な人々について学ぶのも悪くない。ある若い女性が私の友人の一人に話したことがある。彼女とその仲間が、アイルランドでいつも楽しみにしているのは、長い冬の夜をかまどの火を囲み、訪ねてきた隣人と話すことである、と。ニューヨークの人はみんな、退屈な冬の夕べを可能な限り短くしようと常に申し合わせているのではなかろうか。

アイルランドは、今でも中世にいるかのようだ。いかに生きるべきかが、生業をどうするかより、重要だと考えられている。私が若い時のことだ。気晴らしであろうが、重要な仕事であろうが、日が明けたら出かけると言おうものなら、家族みんなが起きて私を送り出してくれたものだ。しかし、商売だけの用事なら、召使いに給仕され、朝食をとることになっただろう。アイルランドの生活は次のように過ぎていく。例えば、カラン[6]が途方もなく早い時刻に、フェニックスパークで決闘をしたなら、500人ものダブリン市民が眠そうにベッドから起き出て、見物に来たであろう。彼らは、決闘者たちの勇気を直に見て、カランの機知に富む言葉を楽しむために来たのであった。見物人は、危険に脅かされようとも、何かあると必ず集まるのだった。当時、アイルランドでは銃で果たし合いが行われていた。私たちアイルランド民族は、今も昔のまま変わらず、ゆったりとした時を楽しむ。人が劇を見るように、私たちは人生というゲームを見物し、隣人への好悪の念は別として、彼らの生き方を楽しむのである。

---

[5] 中国人女性に行われた纏足のこと。
[6] ジョン・ピルポート・カラン（John Philpot Curran, 1750-1817）：コーク州生まれの政治家。カトリック教徒解放運動などの問題で妥協するより、決闘を挑む潔い態度は人々の人気を博した。彼の機知に富む雄弁ぶりには定評があった。

人生という見世物を楽しむゆえに、近代イングランドにおいて最も有能な劇作家を何人も生み出している。例えば、ファーカー[7]、ゴールドスミス[8]、シェリダン[9]、オスカー・ワイルド、G.B. ショー、そして最後にジョン・シングなどがいる。この中でも、シングは、夭逝の劇作家であるが、最も偉大な人物である。シングは、農民の詩情、情熱、人生の謎と怖れにまで深く切り込むユーモアを描いた点で、他の作家とは一線を画している。彼らには、豊かな機知と生気、そして人を喜ばせる力があり、古い道徳に縛られることがない。しかし、シングに比べて精神性はおろか、ほんの僅かな詩情も認めないため、深い感情を伝えることはない。そして、彼らの悲哀は上品ではあるが、本物とは言えない。シングをおいて他に、『海へ騎りゆく人々』[10]を書き得る者などいなかっただろう。アイルランド独特のユーモアと哀しみの背後には、スウィフト博士に見るような意思と知性が存在するのだ。シングの先人たちによる上流階級向けの演劇には、ただ、鋭い感受性が存在するだけである。できが悪く、不適切で、面白くなければ、すぐに興ざめとなった。シングの劇に反対する者は、美食に慣れた人と同じで、上品な胃がそれに馴染めないのだ。スウィフト博士なら、シングの劇を観て、拍手喝采したことだろう。

　何年も前に、教養人などの間で、アイルランド農民への関心が生まれ始め、ロンドンやダブリンの上流階級の客間の賑わいに、ある人物像を付け加えた。だが、当時、社会主義、共産主義、労働党、無政府主義は、餓死寸前にある貧困の深刻さを教えるために生みだされたものではなかった。そのため、カールトンや他の作家たちは、アイルランド農民をうまく用い、貴婦人の部屋に適し

---

7) ジョージ・ファーカー（George Farquhar, 1677-1707）：英国国教会聖職者の子として生まれた。アイルランドの劇作家。
8) オリバー・ゴールドスミス（Oliver Goldsmith, 1728-74）：聖職者の子。「廃村」"The Deserted Village" (1770)で知られる。
9) リチャード・ブリンズリー・シェルダン（Richard Brinsley Sheridan, 1751-1816）：ダブリン出身の劇作家。機知と風刺に富んだ喜劇で知られる。『恋敵』 *The Rivals* (1775)で知られる。
10)『海に騎り行く人々』 *Riders to the Sea* (1911)：シングの劇。最初に上演されたときは酷評ばかりであったと言われる。「お通夜じみた劇」（アイリッシュタイムス）と批判された。

た筋書きに作り変える作業に取り掛かった。それゆえ、アイルランド民族はみんな親切で、お人好しである、という馬鹿げた伝説が現れた。ひどく滑稽なものではあるが、それでも悪くはない部類であった。他には、喜劇的なアイルランド民族、つまり、深刻ぶらず、ひいき客の笑いをとって生きる道化者が現れた。

シングの劇はこれらとはまったく対照的なアイルランド民族がいることを示そうとしている。そして彼の描き方には、かなりの真実があるのだ。アイルランド民族の性質には、精神性と詩情へ向かう側面がある。つまり、自然と人生の美しさに合わせて絶妙に調律された楽器のような性質がある、ということだ。これほど挑戦的で、あごが角ばり（訳注 不屈の精神を持つ）、小柄な民族の中にあって、時折、面長で（訳注 繊細であること）穏やかな眼差しをもった別の種が散在している。この種のアイルランド民族は、生と死と宗教の神秘を糧に想像力を育みながら、優しさと愛情を望むあらゆる者の前に生まれてくるのだ。

ステラ[11]がこれほどまでにイングランド的な人物でなければ、この種の者の存在に気づいたであろう。スウィフト博士に至っては、たぶん彼らが怖がって近づかなかったために、気づかなかったのだろう。しかし、ゴールドスミス博士は、スウィフト博士と変わらぬほど、真のアイルランド民族である。シングがアイルランド精神のこの一面をよく知っていたことは、アラン諸島に関する作品に遺憾なく表現されている。もう一つの面は、彼の演劇に示されている。

「絵とは法律家の書面のように誰の目にも明らかなものでなければならない」とブレイクは述べたが、シングもそのような絵を私たちに示している。読み慣れるには忍耐が必要だ。趣味の良い文学を読んで成長した人々が、直ちに力強い文学を楽しめるわけではない。

---

11) スウィフトの愛した女性。大学卒業後アイルランドの政治的混乱を避けて、スウィフトは有力な外交官兼議員ウィリアム・テンプル卿（Sir William Temple, 1628-99）の庇護を受けてイギリスに逃れる。テンプルが後見人を務める14才年下の「ステラ」（エスター・ジャクソン）の家庭教師となる。以後、生涯に渡ってステラはスウィフトと親密な関係を続けた。

「木片の一つの節を穴があくほどに見つめていたら、身震いするものを感じた」と述べたのは、ウィリアム・ブレイクであった。これこそが、創造的な空想力で、民話やアラン諸島が持っているものである。この地の人々は、自然と超自然の間に境界を一切設けようとはしない。あらゆることが奇跡によって成し遂げられる、と信じている。一方、文明人は、すべての科学、理性、道徳体系の背後にあらゆる知識を超越するものがあること、それが愛と美による途切れることのない奇跡がもたらすものであることを知らないのだ。文明人はこうした考えを認めないばかりか、望むことすらない。文明人にとって、聖書は、シェリーと同じぐらい不可解なのである。この地の農民たちは、例えば、ロックフェラー氏[12]のように、優れた教育を受けていないが、このような感情を持っている。それは子どもと詩人にとっての信仰心のようなもので、理性を促すものではなくとも、知的生活すべての源である。

　誤った教育とは、中国の母親が（纏足のため）子供の足を締め付けるようなものだ。真の教育とは、束縛から解放することである。産業化により、この地の農民たちは、人を慰める心もなければ人の気分を高揚させる希望もない、独りよがりの職人に変わってしまった。強欲で、嫉妬深く、貪欲で、ただ自分の勝利だけを求めるようになった。だが、人間とは本来鳴き鳥のような存在で、時には、子供や獣のように何も知らないままカゴの中で歌っている。そして、その鳥は、カゴが広々とし見た目に美しくとも、まったくさえずることなく、歌の心を持ち合わせていないこともある。真の教育とは、人を束縛から自由にし、広々とした空のもとで知識と能力と望みとを歌えるようにすることではなかろうか。

　このような人々には、「芸術と共に暮らす人間に特有な感情」が多少ともある、とシングは述べている。また、女性の中には、「風変わりで、超自然的な表情が顔に表れる」者がいる、とも述べている。この民族は、最古の伝説や詩に示されているような、不思議な特性を持つ生活を送る、とシングは言ってい

---

12) ジョン・ロックフェラー（John Davison Roekfeller, 1839-1937）：石油王として発展。ロスチャイルド家と比較される。

る。ある聖職者がアメリカから戻ってきたとき、召使いが「ご主人様のお帰りが嬉しい」と言ったことを話してくれた。「ご主人様が留守ですと、空気が孤独な色になりますから」と召使いは述べたという。この人々の言葉には、その生活と同様、美の色が付いている。それは、岩間の小さな水たまりのどれにも、青い空が映されているのに似ている。

　シングの偉大な劇、『西の人気男』に関して述べておこう。シングは、主人公としてクリスティ・マホンよりふさわしい人物を思いつかなかったに違いない。ある新聞の批評家が劇について書いたことがあるが、クリスティは、弱虫でも、愚か者でもない。極めて困難な状況下にある、生まれながらの、若き詩人である。この点においてのみ、彼の葛藤は、通常より、少し激しいものとなる。クリスティには、酒で荒れ狂う父親がいるが、力が強く、癇癪持ちで手に負えない。父親は、強さに裏打ちされた残酷さから、少年以外の家族をみんな追い払ってしまった。もちろん、クリスティは何の教育も受けていない。その生活状態は本当にひどいもので、ともかく生きていくため、空想の中で生活を送らねばならない。丘をさまよっては、密猟したり、ウサギを罠にかけたりした。ついには、父親を鋤で殴り、恐怖のあまり、家から逃げ去る。何日か旅した後、メイヨーにたどり着くと英雄になっていた。殺人者だからではなく、苦境にあるハンサムな男性であるからだ。また、物語の続きで証明されるように、活発な上、たくましいからである。殺人について語るのは、自己宣伝からくる突然の気まぐれである。この若き詩人ほど巧妙に作られた登場人物はいない。その上、彼は小心者でもある。彼が殺人者であるなどと、本当に信じる者はいないし、後家クィンもそんな話を馬鹿にして信じていない。後に、クリスティが実際に父親を殺したと思い込み、みんなはクリスティと敵対する。恋人は心を痛めながらも、彼を司直の手にゆだねる動きに加わる。

　構成のしっかりした劇にはすべて、興味の中心事が存在し、他の出来事はすべてそこに収斂していくものだ。クリスティの恋人、ペギーンの持つ個性が、ここでは興味の中心となる。彼女は、他の人物の上にそびえ立つ存在であるが、これは、精神力だけではなく、乙女らしい純粋さと女神ディアナのような激しさによるものである。とんでもないユーモアで、下品な発言をしても、他

人の言動によっても、その輝きを失うものではない。恋人同士の会話にあって、クリスティが想像力と詩人の空想そのものから生み出されているのに対し、ペギーンは、心と情熱、そして、現実そのものから作り出されているが、その現実は農民女性の良識そのものを示している。今後、アイルランド西部に住む農民の中にこそ、想像的な劇作家は、題材を見つけなければならない。アメリカの青年紳士、淑女は、非現実的な考えを持つ。彼らは中身の伴わぬ自己研鑽という雰囲気の中で学校に通い、講義を聴いて成長する。その結果、この農民の少女が、若木のようにすくすくと、高く成長していくような環境のことなど何も知らない。いつの日か、この劇におけるアイルランド農民の少女に対するシングの賛辞が評価される時が来るであろう。「クリスティ・マホン、あたしの話がそんなに優しく聞こえるとは不思議ね。あたしの口わると来たら、この辺りの国中に怖がられていたのに。ほんとに、人の心は不思議なものね。今日の今から、メーヨーの土地に、あたしたちのようなしゃれた恋人は他にいないわ」[13]。

　アイルランド西部に住む農民は、クリスティ・マホンに似ている。悲しみと危険と無知とが日常を構成し、クリスティのように、想像的な生活を送っている。農民たちに重くのしかかるものから解放し、想像的な生活をさらに続けられるようにしなければならない。

　シングは、一風変わった経歴を持つ。職業として音楽を始め、ドイツとローマとパリで教育を受けた。ほんのわずかな収入しかなかったので、節約のため、いつも貧しい人々と一緒に暮らしていた。パリでは、料理人の男性と、その妻でドレスメーカーをしている女性のところに住んでいた。その家には、居間が一つしかなく、そこで、夫が料理をし、妻が針仕事をし、別のお針子が手伝っていた、とシングが言っていた。時々、帽子の大口注文が入ることがあった。シングはこの時には、言語学のために音楽をあきらめていた。そのため、勉強をやめて、自分も帽子製作に加わり、針金を曲げるなどしていた。一年かそこら

---

13) ジョン・ミリントン・シング著　松村みね子訳『シング戯曲全集』沖積社、2000年、246頁。一部分変更の上使用した。

経って、ホテルに移り住んだが、そこで私の息子と出会った[14]。シングは、パリを離れ、アイルランド西部でアイルランド語を学ぶように息子に強く勧められた。それ以後、西部の農民たちの中で、毎年冬の大半を過ごすようになった。家族の一員として生活し、互いをファーストネームで呼び合った。最高のホテルに泊まるより、彼らと暮らすほうがよい、と話すのを聞いたことがあった。

　シングは、これまで会った人物の中で、道徳的に最も潔癖な人間のひとりであった。同時に、非常に神経質で、高慢な上、不当なことには怒りやすい一面があった。がっしりとした体格の、筋骨たくましい男性で、肩幅が広く、頭を堂々と上げて歩いていた。大きな薄茶色の眼は、まっすぐに相手を見据えるものだった。シングの語り口には、アラン諸島に関する著作と同様、誠実そのものといえる魅力があった。成人男性や芸術家には珍しい性質であるが、それは何よりも大切なものであった。自分だけでなく、他人を欺くこともなかった。だが、詩人のように何かに取り憑かれているようなところがあった。情熱と誠実さが結びついている、という点において、もう一人の偉大なアイルランド人、マイケル・ダヴィッド[15]と似ているところがある。ダヴィッドと同様、彼は人との争いを望むことはなかった。意志堅固であるが、本来は優しく、平和

---

14) W・B・イェイツ（William Butler Yeats, 1865-1939）との出会い：パリでフランス文学を学んでいたとき、W・B・イェイツと知り合う。イェイツの勧めで1898年にアラン諸島を訪ねて、アラン諸島で昔話・伝承を採集する。当時のゲール文化復興に貢献した。イェイツがシングと初めて会ったのは1896年の秋のことだった。イェイツが31歳、シングが24歳の時のことである。シングはパリにいてイタリアの旅から帰ってきたところだった。パリではフランス文学を学んでいた。イェイツは彼からトリニティーコレッジでアイルランド語を学んだことを聞く。そこでイェイツはシングに「彼にアラン諸島に行って、何もかもが表現される生活ではなく、決して文学で表現されてこなかった生活を見つけるように勧めた。彼の才能を信じたのではなく、彼の病的な生活から連れ出すものが必要だと感じたのだ。たぶん、アイルランド語を学んだ若手の作家になら誰にでも同じことを勧めただろう」と述べたことを回想している。
　　W. B. Yeats, *Autobiographies* (London: Macmillan, 1995), p.343.
15) マイケル・ダヴィッド（Michael Davitt, 1846-1906）：アイルランド飢饉の年、1846年にメイヨーで生まれた。アイルランド土地同盟（the Irish Land League）を創立し、民族運動を指導する。1892年と1895年に国会議員に選出される。

を好む人であった。

(*Harper's Weekly*, 1911 年掲載)

現代の女性
── 興味深い新たな女性像について ──

　エリザベス女王は恋多き女性であったが、決して本気で恋に落ちることはなかったと言われる。だからこそ、従姉のスコットランド女王メアリに勝つことができた。メアリは、気の毒なことに、激しい恋の虜になってしまったのだ[1]。エリザベス女王は、歴史書では強大な権力を持つ人物[2]である。当時としては、極めて希有な資質の女性であったが、今の世ではごくありふれた存在と言える。
　この今までにないタイプの女性を世に出したのは、アメリカだった。この国のあらゆる出来事がそうであるように、そんな女性が私たちの目の前に突如として現れた。まるで、親、それどころか、確たる祖先など存在しなかったかのように。

1）ふたりは、奔放な恋に生きたメアリに対して、君主として帝国の基礎を築いた女性エリザベスという対比によって、本や映画など多くで描かれてきた。メアリは、5歳のとき、フランス王子フランソワの婚約者としてフランスに渡り、フランス宮廷で少女時代を過ごす。夫がフランス国王に即位したとき、彼女は17歳の少女だったと言われる。夫フランソワの急逝後、メアリは、故国スコットランドに帰らざるをえなくなった。スコットランドに帰国した後、メアリは、イングランド貴族ダーンリ、イタリア人秘書官、貴族ボスウェルなどと恋をする。1587年、恋に生きた女メアリは44歳にして、断頭台の露と消えた。一方、エリザベスも生涯を独身で通したものの、ロバート・ダーンリ卿、ウォルター・ローリー卿などと恋のうわさが絶えなかった。

2）原文中の"a monster"はスコットランドの宗教改革家ジョン・ノックス（John Knox, 1514-72）の次の言葉を反映したものか。"It is more than a monster in nature that a woman should reign and bear empire over man." (The First Blast of the Trumpet against the Monstrous Regiment of Women, 1558).

そんな女性の数は少ないが、見つけだすのは、そう困難なことではない。というのは、とても活発でいたる所に姿を現すからである。また、この女性の特徴を述べるのもさほど難しいことではない。時間を取って、進んで自分のことを語ってくれるからだ。第一に、雄弁家と同じように、その資質は天性のものというより後で身についたものである。事実、そのような女性には、雄弁家じみたところがあり、いつも友人に熱弁をふるい、自分の考えを説明し、押し付けようとする。また、自らの向上に熱意を燃やしている。とはいえ、どのような向上を目指すのか、と人は尋ねるだろう。だが、それは当の本人にも分かっていない。その一方で、その女性は個人の完全な自由――道徳的、肉体的、精神的、政治的な――を主張するのだ。この種の女性は拘束されるのを嫌い、女性的感性、つまり男女という性差から脱しようとする。というのは、感性、性差のいずれも、女性を男性に服従させるものであるからだ。そんな女性が恋愛に憧れても、その対象となるのは、とうてい実在するとは思えぬ完璧無比な人物でなければならない。並の男性など、みんな分別がなく、尊敬に値しないのだ。そればかりか、そんな男性は女性の自由を奪う者となるだろう。女性の母親たちは愛と義務による生き方を望んだが、これらは母の生きた世界が不幸にも未熟であるがゆえに、必要とされたものだった。それに対し、娘は完璧な恋人と純粋な愛によって心が満たされた。同時に、自由に生きようとしても、自分が商業社会の一員であることを忘れてはいない。それゆえ、実業家のように能率を重んじ、「何事にも全力を尽くそう」という信条をもっていた。

　青年は、自由というものが怪物キマイラ[3]のように恐ろしいものだと知っている。つまり、自由が、見る者の目を決して和ませるものではないことを。万事が妥協という状況の下、彼らが生きることは、刻苦勉励、服従、不断の努力をすることだった。そこでは正直さえ、必ずしも最善の策とはならないのである。だから、成功と金もうけを望んでも、幸運と好機がなければ、どんなに気力が充実していても実現しない。女性と異なり、この青年たちは夢を抱いてい

---

[3] キマイラ：または、キメラ（ギリシャ神話）。ライオンの頭、ヤギの体、竜またはヘビの尾を持ち、口から火を吐く怪獣。二面性を持つものの比喩としても用いられてきた。

た。なぜなら、夢とは労働の疲れを癒し無聊を慰めるものだからである。青年がいつも最初に語るのは、成功と富を得るという夢であった。そして、容易に話せない、もうひとつの夢があった。それは、いつの日か自分が選んだ女性と結婚するという夢である。

　若者に見られるように、この地ではアメリカ流の生き方がある。規律を守らされる男性は、その反動から夢想家になっている。その一方で、女性は意気盛んで自分本位で、夢など一切持ちあわせていない。少女たちが高慢に求める自由について考えてみよう。教師を選り好みしたり罷めさせたりする権利はないにせよ、彼女たちが興味を失うと、人であろうが物であろうが何もかも放棄できるような自由とはいったい何なのだろうか。周囲に大切にされてきたので、彼女たちは自分より他人を優先することを学んでこなかった。奉仕と犠牲という甘美な労苦を強いる女性本来の声が内面から呼び留めようとしたが、耳を貸さなかった。「本来の私になろう。自分に忠実な人生を送らなければならない」という新たな決意を繰り返す自分の声を聴いたからである。彼女は大人になり、社交界に出て、男性に知り会うと、非常に明確な目標を持ち、その目的に向かってまっすぐ進むのである。彼女には、男性に仕える気持ちなど露ほどもなく、それどころか、男性を仕えさせようとする。「アメリカの女性は興味深いが、男性には魅力がない」、と無神経なほど無礼なイングランド男性が私に語ったことがあった。彼の考えでは、女性に対し優位に立てない男性は哀れな存在なのだ。

　イングランドの淑女たちは、進歩的なアメリカ女性が好きではない。彼女たちがイングランド男性どもに評判がよいのは、苦々しいことなのである。その一方で、イングランド女性は彼女たちを羨ましく思っている。男性どもが今までと異なるやり方で女性に仕えているからである。これはまさしく、イングランド男性のように、現代のアメリカ女性自身が自分本位であるからだ。イングランド男性の理解する利己主義は、いつも彼らの尊重する信条であり実践であった。こんなことから、女性が率直なまでに自分本位であるため、男性からすれば考えが手に取るように分かる、扱いやすい女性がようやく現れた。もはや、女性は、昔のように謎めいた存在ではなく、子供のパズルのように単純なものなの

だ。女性が新たに手に入れた強い自尊心は節度がなくて、男性一人の手に負えるようなものではないが、それでも、男性を喜ばせるのだ。なぜなら、仕事において勝たねばならぬライバルとの日々の競争とよく似ているからである。目の前にいるのは、美しい敵で、男性は彼女に勝利し、捕らえ、戦いの褒美として連れ去らなければない。家庭の飾りもの、眼の保養になるだけでなく、彼の廷臣にして崇拝者、そして妻となるのだ。彼女の行き過ぎた自尊心に関しては、男性が別の教育を施せば、従順さを取り戻し、女性としての役割を演じ、イングランド人らしい妻となると考えている。かりにそれが無理であっても、自分が完璧に理解し、扱い方を心得た女性が家の中に居ることは、なんと好都合なことだろう、と思うのだ。何といっても、仕事場と同じように、家庭においても理性的でいられるのだ。かつて、女性はこの世で最大の神秘であった。男性はそんな女性を無視するか、優しく接するか、屈するか、強い意志で圧倒するか、のいずれかであった。だが、理解することはできなかった。誰にもその謎を解くことはできなかった。喜劇作家、非劇作家を問わずこの謎に取り組んだ。風刺作家と機知(ウィット)に富む人間は、この魅惑的なテーマに飽きることはなかったが、すべて憶測で物を言っていた。あえて女性を知ろうとする者はおらず、特に夫はそうだった。妻たちの首をはねたヘンリー8世でさえ、知り得たのは最晩年の王妃（キャサリン・パー）だけだった[4]。男性にとって、女性とはそのような存在だった。現代では、女性は昔の暦と同じぐらい分かりやすい。颯爽とニューヨーク五番街を闊歩する女性の姿を見るとよい。なんと輝いた眼をしていることだろう。それでいて、宝石のように冷たく見えるのだ。微笑みすら冷たく見える。その姿はまるで若い運動家のようである。正装していようが思い思いの着飾り方をしていようが、スキがなく機能的なのはほとんど軍服のようだ。彼女はまさに活発さと自由意志そのものを体現している。だが、魅力的な輪郭はことごとく消え、もはやその姿はゆったりと優美に弧を描くことはない。もはやネコのようにしなやかでも、シカのように軽やかでもない。愛おしむ対象ではなくなっ

---

[4] ヘンリー8世（Henry VIII, 1491-1547）には、6人の妻がいたが、アン・ブーリン、キャサリン・ハワード等がロンドン塔に送られ処刑された。最後の王妃キャサリン・パーは有能な女性として知られ、ヘンリーが不在の際には摂政として国政を任された。

た。彼女の声は、服装と同じで妥協の余地がないからだ。普通の男性は、どこかの美しい女性に魅了されるまでは、名門校出身の紳士か、高位の貴族、またはアイルランドの農民でもない限り、女性を口説く手練手管をたいがい軽蔑してきたものだ。現代女性は本来の女性としての役割を忘れ、男性と同様に振る舞うようになった。その結果、女性の態度は、成功した実業家のように堂々とし、男の自信を奪うものとなった。かつての、謎めき、とらえがたく、隠された存在という三重もの魅力はどこに消えたのだろうか。女性たちはその魅力の下にベールで被うようにその力を隠すのを常としていた。その魅力は、今どこにあるのか。勝利を得た女性に対し、多くが頭を垂れているが、詩人はその中にいるのか。天文学者、数学者、科学者、実業人、法律家、特に法律家は、現代女性の言いなりになっているが、美しい調べが詩人から生まれることはない。そんなことで女性は幸せなのだろうか。

　自分本位であることは、男性、女性、どちらにとっても不幸である。タレラン[5]は、ナポレオンのことを、「退屈な人」と呼んだ。かつては、男性が自分本位で、仕えるのは女性であった。女性の言い分に「私たちの使命は男性を喜ばせること」とあったからだ。一方で、女性にはすべてを支配する魅力と同時に動かしがたい幸福が存在していた。幸福とは無私になることだからだ。男女を問わず幸せであることは、いつの時代であろうと、人の目にも神の目にも素晴らしいことなのである。

　幸福とは詩人と女性だけに授けられた奥深い知恵である。女性だけが詩人にその知恵を授けることができた。男性、特に成功した男性は、そんな知恵について露ほども知らない。なぜなら、何もかも危険にさらし、ほとんどすべてを失いかねないからだ。成功の下には、たいがい、反感がある。悲しみや惨事

5）　シャルル＝モーリス＝ド＝タレーラン・ペリゴール（Charles-Maurice de Talleyrand-Perigord, 1754-1838）：フランスの、フランス革命期・第一帝政期の政治家、外交官、伯爵。憲法制定国民議会議長、のち、ナポレオンの侍従長を歴任。ナポレオンの没落後、彼はルイ18世の外相としてウィーン会議に出席し、フランス革命前の状態への王政復古を主張した。政権交代の激しい激動の時期にもかかわらず、フランス革命〜7月王政期まで政治の中心にい続けた。敏腕政治家、外交家としての評価が高い。

が、いかに人の品位を下げることか、みんなが知っている。男性はふさぎ込んで辛らつになるか、悲しいほど無口になる。そうでなければ、酒浸りになり、下卑た人間に成り下がる。一方、女性の場合、惨事の中に好機を見いだす。男性の場合はともかく、女性の人生につきまとう悲しみは、のちの知恵を願うために、女性らしさをただ単に強調する。女性がはっきり区別するのは、幸福か不幸かのみであり、それ以外ではいかなる違いも認めることはない。完璧なまでに心が満たされている人として、二人の人物だけが挙げられる。一人は、家事仕事に勤しむ女性であり、もう一人は詩作に励む詩人である。二人には人知れぬ神秘があり、それを分かち合っている。詩人は家庭生活を、女性は詩歌の何たるかを知らないにせよ、両者は一つのパンを分かち合う仲の良い仲間なのだ。確かなのは、女性は生まれながらにして鳥のような存在で、翼を持っている、ということである。少女の頃はまさに飛ぼうとして翼を広げている鳥に似ている。大人の女性になると、まっしぐらに急いで飛ぶ鳥のようである。望みが翼を与え、女性の心中に創造への衝動をかき立てる。そして、何事も幸福に向けて力強く飛ぶのを止めることはできない。女性には創造的才能がある。その目が輝くところではどこでも幸福になれる。触れるものは何であれ「神々しい錬金術」できらきらと金色に光らせることができるのだ。

　意思堅固な現実家は、幸福などという考えを放棄し、それに代わるものとして快楽を求めた。快楽は、感覚、そして変化や動きに対する抑えきれない渇望を満たすものとなる。このような満足感は、その気になれば、努力せずとも断念できる。単なる快楽はむなしいものである。一方、他の存在が自分を不安にする、と現実家は感じる。それは詩人だと言うであろう。女性は快楽など信じていない。信じるのは幸福だけである。幸福をこの上なく信じるのが女性の本質なのである。この信条に目覚めるのは恋をする時か、子供を産む時で、その後はいつも付きまとうものとなる。思うに、このことは、想像を絶するほど女性が自分本位な考え方をすること、そして、夫と子供がいる女性には奇妙な冷淡さがあることの説明となるのではないか。女性がいるところで、私たちはいろいろなことを話し合い、あれこれを行う。女性はその様子を見守っているが、その眼には知識と直感の光がある。

男性は労働もすれば、戦いもした。懸命の努力で進歩という戦車を押し進めるものの、車輪に轢かれて一命を落とすと、人々は悲嘆に暮れた。だが、女性の場合は、希望の歌と哀愁を帯びたパレードによって、墓地まで運ぶ必要がある。他の音楽では、思い出を損なうことになるだろう。女性の神秘について男性が話し、議論するのを聞くと、私はうんざりする。女性は相手をじっと見つめると、おそらく微笑むものだ。それはまるで手を触れ合うことによって自分の失うことのない希望を伝えるかのようだ。決して言葉を用いることはない。だから、われわれ男性は言葉で女性と争ってはならないのである。
　遠い昔、人々は貴婦人の目についてよく語ったものだ。古代ギリシアのホメロスが、大きく丸い目をしたユノ[6]と空色の目をしたミネルヴァ[7]を詩で賛美したことはよく知られている。現在の貴婦人の目は輝きと厳しさばかりが目立ち、雄弁な語りと説得力が感じられない。また、他を圧するような態度のために、昔の女王のような存在でもない。そればかりか、優れた技術を持つので、奥ゆかしさも持ち合わせていない。自分本位の人間になることで、私たちと同じ水準にまで落ちてしまい、今では、仲間の一人となった。
　だが、今の世に相応しい女性がなんとかぎりぎりの所で間に合って登場した。そんな女性が求められるのは、世の男性どもが紳士ではなくだらしないからだ。15年ほど前のある日曜日の朝のことだった。ロンドン郊外にあるキュー橋[8]で、奇妙な光景を目撃したことがある。5人の若い女性が、一列に並んで自転車に乗ってやってきた。女性たちはブルマー[9]をはいていた。この光景は道端に立っていた浮浪者や混血児たちの嘲笑をかった。その中の一人が何か

---

[6] 原文では'x-eyed Juno'となっているが、ホーマーは『イリアス』で、'ox-eyed Juno'「丸い大きな目をしたユーノー」と表現しているので、これに従った。また、ユーノーは、Jupiterの妻である。光、誕生、女性、結婚の女神。ギリシア神話のHeraに当たる。

[7] ローマ神話でミネルヴァは、知恵と武勇の女神。ギリシア神話のAthenaに当たる。

[8] キュー橋（Kew Bridge）：ロンドン郊外キュガーデン近隣の橋。1759年完成し、1903年改築された。

[9] ブルマーとは女性用のゆったりとしたズボンのこと。その名はアメリカ女性解放運動家アメリア・ジェンクス・ブルマー（A. J. Bloomer, 1818-1894）の名にちなむ。考案者はエリザベス・ミラー。

言ったが、何と言ったのか私には分からなかった。しかし、最後尾の女性には聞こえ、それを理解したようだ。その女性は立ち止まり、自転車の位置を合わせて歩道の縁石に立てかけた。そして、若者のところに戻り、「なぜ失礼な言葉を言ったのか」と尋ねると、その若者を平手打ちした。おそらく、力が強かったからというより、むしろ、驚いたためであろうが、若者はひっくり返った。彼は恥ずかしそうに立ち上がって埃を払うと、仲間たちもきまり悪そうに笑っていた。一方、その女性は再び自転車に乗り、友人たちの後を追った。これが今はやりの新しい女性だ。この場合、いささか大人気ないが効果はあった。だが奇襲戦（ゲリラ戦法）でもない限り、少々無礼すぎよう。柄の悪いことで知られるベルファスト[10]では、みんなが他人の上に立とうとする。その中にはベルファストで叶わなくてもニューヨークや他の土地なら「支配」できる女性を今でも見つけることができると考えるものがいた。このことは、男性としての存在に、まぎれもない安堵感を与えるのである。しかしその一方でパブリックスクールで教えている若い女性たちは新しい女性たちの力強い生き方に共感を寄せて見守っているのだ。

　女性の運命は常に男性に左右されるものだと述べるのは今日では、女性に対する侮辱となる。私たちには、この発言が、男性の運命もまた女性に左右されるものだ、と言うのとまったく同じであることが分かっている。男女は互いに折り合いをつけねばならない。男性は女性に平等と尊厳を譲り、女性の方は男性に優しさで報いなければならない。だが、実際には、そのような交際を男女間に見ることはない。女性は従来女性に特有の知恵をもたらすが、それは生き方を長く究めてきたことから生まれたものである。男性は、活力をもたらすが、それは、生計の立て方という問題を長く研究することから生まれたものだ。「現在のことは忘れて、未来のことを考えよう」、と活力が男性に言わせると、女性は答えるだろう。「今を楽しみましょう。若くないのですから。子ども達が幼い頃はすばらしいものよ」と。

---

10) ベルファスト（Belfast）：英国北アイルランドの首府。造船所で有名。「タイタニック号」を建造した場所としても知られる。

人々は忘れているのか、知らないのである。人間は自由を好むが、それ以上に束縛を望むものだということを。心の持ち方で、自由と束縛の両方を手に入れることができるのだ。あらゆる願望は互いに抑制しあうものだが、それらの願望を満たすことが幸福なのである。希望は記憶によって制限され、肉欲は愛と思いやりによって自制される。この点にこそ、最も豊かな調和と完全に自由とも言える隷属状態がある。快楽は欲望を満たすが、度が過ぎると、嫌になり、飽き飽きすることになる。快楽が知性を圧倒し、沈黙させるのに対して、幸福は知性を至上の存在にする。幸福は自発的に規律を守らせるが、快楽は緊張を解くことによって、放埓を促すことになる。このことは、自由に翳りをもたらすものとなり、最後には自由を失うもとになる。

　高潔な人物が世界を救うと言われる。このことは、世界を理解し守り続けるには、強い意志を持つ人物が必要ということだろうか。もしそうだというなら、私は遥かにもっと偉大なものを知っている。それは人間の複雑な個性全体から生じる、豊富かつ多様な知識であるが、それはオーケストラ中の各楽器が織りなす音のように、意識内で形を成していく。その結果、優れた民主主義では、市民全員の権利が守られるように、ひとつの願望であっても、「発言の機会を拒まれる」ことはない。ここにおいて、私たちは、シェイクスピア[11]や優れた女性による、恵み深い知恵を手にすることになる。それは慎重に幸福を探すことによって可能となった。女性が、笏をもつ美しい女王のように、家の中や友人や隣人の間を歩き回るとき、幸福は、心の炎をかき立て、美しい女性の瞳を輝かせるのである。なぜなら、さまざまな欺瞞を前にしてみんなが理性を保てないような世界において、この女性こそ人間の幸福とその可能性に関する真理を純粋に体現しているからである。すなわち、知恵は力に勝り、力にとって代わるのだ。

(*Harper's Weekly*, 1911 年掲載)

---

11) ウィリアム・シェイクスピア（William Shakespeare, 1564-1616）：エリザベス朝の劇作家、詩人。『マクベス』『ハムレット』など四大悲劇を含む 38 編の戯曲、ソネット集など多くの作品を手がけた。

G. F. ワッツと芸術の手法[1]

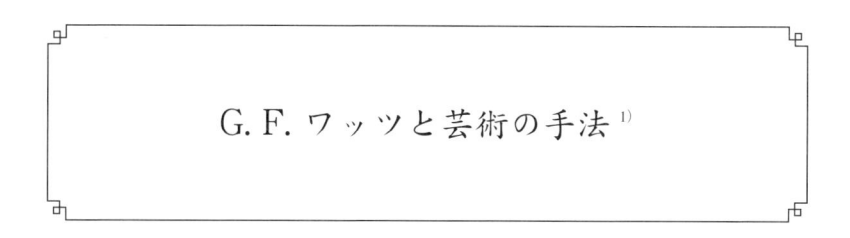

　私はかねてから画家の書く自叙伝を待ち望んできた。それも、有名画家による、幼年期から始まるものである。古今、聖人や罪人(つみびと)でさえ必要以上に詳しい回顧録を残してきた。また、多くの有名作家に至っては言うまでもない。

　今まで、画家の告白というものにお目にかかったことがない。あの偉大なミケランジェロをはじめ偉大な画家たちが、本当のところ、学校で他の学生より学習能力が低く、教師の教えを理解できなかったなどと明かしたなら、不名誉なことこの上ないであろう。それゆえ、自叙伝は告白と称されるのである。

　普通の子どもの観察力と較べて比較にならぬほど素晴らしい理解力と独創性をもっているのに、こと学校の勉強となると、教えるのに困難を極めるという少年の例をよく聞く。音楽が演奏されるところで、音楽家の卵たちに古典語文法や算数を教えようとするのは、残酷というばかりか、不可能に近いことに思えるだろう。だが、それは、画家としての目をもつ少年に文法やその類を教えようとするたびに行われることと、まさしく同じである。時の経過と経験によって、ようやく、音楽の感性に敬意を払い配慮することを学んだ。その感性を認め、理解するようになった。素晴らしい音感をもつ少年を見つけると、着目し、教育を与え、大切に扱う。音楽の才能がある少年には住みやすい世の中

---

1) ジョージ・フレデリック・ワッツ（George Frederick Watts, 1817-1904）：ヴィクトリア朝を代表する画家・彫刻家。特に、肖像画は高い評価を受け、チャールズ・ディケンズ、マシュー・アーノルド等の文学者から妻のエレン・テリーまで多くの人物を描いている。この講演はダブリンで「ワッツ展」開催に際して行われたもので、ワッツ氏の主要作品の解説と思想に関するジョン・イェイツの深い理解が窺われ興味深い。なお、文中からジョンが法曹職を捨て、画家の道を選んだ際にもワッツ氏の影響があったことが分かる。

になった。だが、観察力に秀でた少年の場合はどうだろう。聴覚に秀でた少年が心を奪われるのは、音楽が実際に演奏されているときだけなのに対して、優れた観察力を備えた少年の場合は、暗闇にいるときを除けば、色、形、光、そして影にいつも取り囲まれているので、周囲の誘惑からいかなるときも逃れることができない。少年は、教室内のあらゆる物の形状と外観について、また、机やテーブルに対する光の反射の仕方についても知っている。学友の中にいて、みんなの横顔や正面の顔、目の色、体つきについてもよく知っている。不断の観察で知的陶酔を絶え間なく得ることが、彼がこの世に生を受けた目的であることから、形状や色彩のことなら微にいり細に入り詳しいのである。その少年にとって、目は、知恵の入り口なのである。年端の行かぬ子だと、その知恵が押し寄せるように入り込もうとするため、少年はその扉を開くことに、時間の大半を奪われてしまう。

　画家としての歩みには —— 条件さえ整えば、絵と彫刻を創る神聖な職に就くために —— さまざまな段階がある。まず何よりも大切なのは観察である。そのあと、少年が観察対象から推測を導く時期が来る。少年にとって、顔とは心の窓口になるものである。優れた工芸家と少年との関係を喩えるとすれば、少年期は、ラーヴァター[2]も知らない人相学者、頭蓋学者、骨相学者のような存在と言えるだろう。全精力を科学的探究に使い尽くしたあとには、その学者の目の前には幸福な時間が訪れ、知的欲求を求める輝かしい世界が、突如として現れるだろう。

　私の友人に老画家がいる。彼はかつてスコットランド北部の美術学校で学んでいたが、その頃の体験を語ってくれたことがある。ある朝のこと、教師がいつもと違う、思い切った方式を授業に取り入れた。それが功を奏したのか、結果的に、思い浮かぶものは普段と変わらないものの、いつもより生徒は思索に没頭できたという。例えば、友人の場合、物の形状や色彩を熱心に観察することでは、いつもと変わらなかった。ただ、前述のように、一心不乱に、対象に

---

2)　ヨハン・カスパー・ラーヴァター（Johann Kasper Lavater, 1741-1801）：スイスの骨相学者・神学者・詩人。人相学を科学に発展させようとした。

気持ちを集中させる点では、日頃に比べてはるかに勝っていた。その日は早春の朝であった。日光がその年初めて部屋に差し込み、足下のほこりだらけの床に光が黄色の四角形を作っていた。そんなことが起きるのは、一年中でも、特定の時期だけである。時が過ぎれば、木々に多くの葉が繁り、冬になると太陽はほとんど空に出ない。友人は不幸な身の上で、些細なことでも気に病む性分だった。だが、その朝の事と教師の試みとが、不意に現れた足下の日光と結びつき、少年は新たな自分に目覚めたのだった。彼は心を揺さぶる四角形の輝くものを眺めた。いわば、神秘的な啓示を受けたのだ。後になって、学校を卒業すると、友人は風景画家となった。

　ワッツ氏のような人物の場合、願望の世界は違った方法で出現したのだろう。氏は、イングランドがこれまでに生んだ中で最も偉大な肖像画家であった。肖像画家とは言えないブレイクを別にすれば、格調高く、壮大な主題に取り組んだ画家であった。数年前、喜ばしいことに、私の仕事場で偶然彼と会った。私の受けた印象であるが、記憶に残るのは、端整な顔立ちと、人を寄せつけない孤高の雰囲気である。声にも厳格さを感じた。私の絵を一言も発することなく見つめていたので、たまりかねて意見を求めてしまった。すると、明瞭かつ率直で、的を射た意見が返ってきた。それでも、ワッツ氏に言わなかったことがある。これまで一度も会ったことはなかったが、何年もの間、私がワッツ氏の勤勉な弟子であったこと。そして、絵を描くことの真の意味と、私を含めた大勢が画家を志望するきっかけをワッツ氏から学んだことを。

　ワッツ氏は生涯隠遁者で、世捨て人だった。もし、世俗での暮らしを愛し、楽しんでいたなら、ホガース[3]のように、俗世間で暮らし、その様子を描いたことだろう。だが、仲間を愛し、彼らの幸福のためであれば、根気よくどんなものでも求めた。実際のところ、彼が絵を描いたのは仲間を愛するためであった。そのような人間だったからこそ、怒り、哀れみ、精神の賛美、愛などを呼び起こす、彼の願う世界が、ある場面となり出現したのだろう。その瞬間か

---

[3]　ウィリアム・ホガース（William Hogarth, 1697-1764）：18世紀を代表するイギリスの版画家・画家。風刺を用いて、都市風俗を扱う。『ビール街』と『ジン横丁』などがある。

ら、火の点る想像力の赴くままに、他人の人生を次々と空想した。というのは、目が探してきたものを見つけ出したので、彼の願う世界は、寸分違わぬ瞬間に、創造的世界となったのだ。願望の眼差しは、創造の眼差しとまったく同一になった。言うなれば、世界自体は、美しくも、醜くもない。ただ形のない広大な空間であるが、そこから、私たちは、願望に応じて、新しい世界を創るのだ。狂人と詩人は、同じ風景を見ていても、一方は醜さを、他方は美を見つける。ワッツ氏が見たのは、苦しむ人びとの世界、もしくは、真剣な目的を持ち共に努力する人々の世界であった。

　ワッツ氏について語るなら、彼の肖像画から始めよう。その肖像画の素晴らしさについては議論の余地がない。それ以外の絵に共感を抱かぬ者がいたとしても、彼の肖像画を否定する者はいない。近頃、肖像画の出来映えは、主として友情によるのではないか、と思うようになった。いずれにせよ、確かなのは、最高の肖像画が描かれるのは、モデルと画家が友人同然の関係にある場合である。私の主張を擁護するのは、ワッツ氏の場合だと、たいがいモデルになってもらいたい人物だけを描いた、ということである。

　肖像画とは、モデルに対する解釈によるところが大きい。色を付け、顔にうまく立体感を与えていくこと自体は、熟練者にとって、それほど難しいことではない。このあとで、人々が見るのは、当然のことながら、画家の目を通じて描かれた、独特の曲線と陰翳、目立った眉や目の形となる。ここに本当の難しさがある。画家にとって、真の喜びと至上の成功は解釈にあるのだ。

　ワッツ氏の初期の肖像画では、この解釈はほとんど試みられていない。確かに、どの時期においても、彼の絵には、独特の雰囲気が生み出す魅力だけでなく、明白かつ装飾的なねらいもある。だが、この初期の肖像画は、後期のものほど注目されていない。その理由は、解釈が欠けているからだ。

　世の人々は、ワッツ氏の肖像画といえば、女性を描いたものよりも、男性のものを好むそうだ。だが、私はこれに同意できない。どちらもそれぞれに完璧な域に達している。彼は若い貴婦人をよく描いている。その女性は、流行の先端を行く夜会服、きっと、最も現代的で、斬新な色の組み合わせのものに身を包んでいる。ワッツ氏の肖像画では、女性がそんな風に描かれるのだ。そし

て、彼の芸術の絶妙な錬金術によって、彼女はとても魅力的に描かれ、ベネチア風の美人が、歴史書の一枚から、こちらをじっと見つめているように思える。

　実際、彼の肖像画には、男女どちらを描いても、ある種の淡い宗教的な輝きが一面に漂っている。そのため、オランダ風の写実主義によって描かれていても人物が記憶やロマンスの霧の中から現れるようだ。

　ワッツ氏の想像力豊かな絵について話す前に、少し、芸術と芸術家のあらゆる効用について考えてみたい。

　モラリストは、「大切なのは、道徳だ。それがなければ、社会がまとまることなどない」と言う。

　商人は、「商売こそ大切だ。それがなければ、富は存在せず人生に生きる価値などない」と言う。

　宗教の師は、「宗教ほど大切なものはない。それがなければ、来世のこと、来たるべき審判のことを忘れてしまうだろう」と言う。

　科学者は「大切なのは、真理だ。真理こそありとあらゆるものの根本だ」と言う。

　芸術家が、こうした人たちの集まりに居合わせても、何か抗弁できることがあるだろうか。私たちは、彼らを前にすると、昔から畏敬の念を抱くあまり、首を垂れるのみである。

　そもそも、芸術家がしてきたこととは、何だろうか。

　芸術家の仕事は自らを喜ばせるためであって、他人を喜ばせようとすることなど、とんでもない邪道、つまり、正しくない行為と考えているのだ。善と同様に悪も讃えられるのである。ある時期、ワッツ氏は、霊的なテーマに没頭していたかと思えば、同じほど熱心に、感覚的なテーマにも没頭した。罪の意識やためらいなど微塵も感じることなく、善悪を問わず、いかなる情熱、衝動であろうと、代わる代わる実物以上に描いた。不幸な人間はより不幸に、悪人はより邪悪に描くのである。教訓を授けることもなく、教義を説くこともない。だが、時にワッツ氏と共にいると、高潔な人物はより高潔になるのである。

　あらゆる社会に、彼のような人は見いだされる。罪人にあっては、彼による

赦免が救いの光となる聴罪司祭のような存在である。だからこそ、罪を洗いざらい悔い改めたあとも、依然として罪を犯し続けるのである。ワッツ氏は善人の顔を見て笑いを禁じえない。その顔に、自己満足、儀礼、不誠実、打算、臆病、不熱心、というやましさを見いだすからだ。事実、この世の善人より、罪人に対してより敬意を示すことがあった。その上、英雄は王族の思いつきから栄誉を授けられてきたが、そんなことも画家や詩人の助けを借りて行われてきた。

　この芸術家という不可思議な存在には、怪しげな素性がつきまとう。その性質からして、彼らは何の役に立つのだろうか。芸術家は有用であることとは対極にあることと思われる。

　なぜ道徳、商売、科学、宗教などが存在するのだろうか。この問いには簡単に答えられる。だが、画家、彫刻家、詩人、そして音楽家たちの存在理由は、もう一つの謎である。それはまるで、無限の宇宙を巡っている恒星が、無数に存在するのはなぜか、という問いのようなものだ。

　この尊い師たちにあって、芸術家などまるで天使たちに囲まれた、堕落天使のような存在にすぎない。これらの師たちは、地位も力もあるにもかかわらず、みんなこぞって、芸術家のご機嫌をうかがい、何とかして自分たちの仲間に入れようとする。まるでいたずらっ子そのものの芸術家をひどい境遇から救い出すと、いつまでも自分のところで暮らすように仕向けるかの如くである。これは、一つには、師たちといれば、芸術家としての本性が激しさを増し、芸術家の技術が彼らに愛されるからだ。また、もう一つには、人が集まるところでは、芸術家、すなわち、詩人、画家、音楽家、彫刻家は、良かれ悪しかれ、この世で最も強大な力を及ぼすものである、と彼らは認めているからである。詩人の力を借りることがない神学者がどこにいるだろう。同じように、そんなモラリストがいるだろうか。現在、この展覧会にいて、私にはこんなふうに思えてくるのである。神学者、モラリスト、それどころか形而上学者は一人残らず、最大の芸術家の一人と見事で効果的な取決めを巧妙に行った、と考えているのではないだろうか、と。

　『愛と死』、『時間、死、審判』、『イヴの誘惑』、『イヴの悔悟』、『カインの悔

悟』などの画題をみれば、おそらく、スコットランドにおいて、長老派の聖職者たちが、ワッツ氏の画廊に詰めかけたことを説明するものとなるだろう。また、ここ活気溢れる都市ダブリンで市上初めて開催されたすばらしい展覧会において、非難と悪意ある批判の声が皆無であったことをも説明するものとなるだろう。

　さて、これらの絵が教えてくれるものとは何なのだろうか。ワッツ氏は何のとりこになっていたのだろうか。もしくは、彼は、モラリストか形而上学者なのか。それとも、自らの救済を芸術で成し遂げるような優れた才能を持っていただけなのだろうか。

　イヴに関する作品を二つ例にとってみよう。このコレクションすべての中で、この二枚の絵ほど詩的な作品は他にない。

　最初の『誘惑』[4]において何がわかるだろう。イヴは美しく妖しい魅力[5]に満ちている。私たちはこの妖しい魅力を、最も激しい挑発の瞬間に感じる。イヴは身体を丸め、狡猾な蛇のささやきに耳を傾けながら、喜びで震えているように見える。誘惑の声になんと官能的に身をまかせていることだろう。イヴの体は健康と生命力でしなやかだ。これが女性の本質であり、美しく妖しい魅力である。まだ、善悪や疑惑をまったく知らず、死を思うことなど毛頭ない。周りには夏の花々と豊かな香りが存在する。彼女の足下には、ヒョウ[6]が背を丸めているが、そのヒョウは、女性という豊穣なる存在と微かに共鳴するか、反響している。

　これを道徳的教訓と呼ぶのは、まったくこじつけにすぎない。古代ギリシアの詩人ピンダロスがぶどう酒杯を讃えたように、ワッツ氏は甘美な誘惑を讃美している。ワッツ氏は、これら二枚の絵画で裸体美と肉体美を讃美している。レイトン[7]ならば、イヴを塑像のように高貴な女性に描いただろうが、現実離

---

[4] イヴに関する絵には、『イヴの誘惑』『誘惑されるイヴ』『イヴの悔悟』があるが、文章中の絵はその構図からして、『誘惑されるイヴ』を指すものと考えられる。

[5] 'animalism'の訳として、'femme fatale'の意味とした。

[6] ヒョウには悪のアルージョンがある。

[7] フレデリック・レイトン（Frederic Leighton, 1st Baron Leighton, 1830-96）：聖書、歴史、

れした装飾に満ちた世界から描いたために、リアリティに乏しいものとなっただろう。だが、ワッツ氏のイヴは、大きな半神半人像であるにもかかわらず、他の肖像画、例えば、J.S.ミルやリポン伯爵を描いたものと同じくらいリアリティがある。真に迫るあまり、イヴの生気に満ちた身体に触れることができるようであり、喜びの声やささやきが聞こえてくるかのようにも感じる。もう一方のイヴ[8]は、非常に写実的に描かれているため、嘆き悲しむのが聞こえるようだ。

次に、「パオロとフランチェスカの物語」[9]を描いた絵を例に取ってみる。それは、画廊のすべての絵の中で、もっとも完成度の高いものである。ことによると、その絵を愛した友人たちが、芸術家に不可欠な励ましを与えたのが理由かもしれない。素晴らしく想像的である上に、引き込まれるような装飾に満ちた作品である。罪を犯した気の毒な恋人たちは、人間らしさを失い、薄っぺらな姿となって、枯葉や軽い羽毛のように、風に乗って漂う。だが、いかなる道徳的教訓を説くものではない。この絵が新たに説明しているのは、真の恋人たちの悲しい運命である。恋人たちに与えられる罰を優しくも、美しく描いている。この絵に対する、ジョン・ノックス[10]の意見を聞いてみたいものだ。この画家には、ある種の近づき難さ、ある種の厳しさがある。ワッツ氏とノックスという、この二人の優れた人物が出会えば、興味深いことになっただろう。

しかし、私たちは難局に立つと、多くの助言者の意見に惑わされるうえに、いかなる場合でもその助言を求めてしまう厄介な性癖がある。そのため、たとえ、男女の愛にさえも、道徳を求めてしまうに違いない。

そこで——芸術の真の評価には必ずしも必要なことではないが——私の

古典的題材から多くの作品を描いた。

8) 『イヴの誘惑』のこと。

9) パオロとフランチェスカの物語は、ダンテの『地獄編』中の逸話。ロマン派の芸術に影響を与えた悲恋の物語である。夫の弟と相思相愛となるが、二人の仲を知った夫に二人は殺される。二人の魂は地獄の風の中を彷徨う。

10) ジョン・ノックス（John Knox, 1510-72）：スコットランドの牧師。スコットランド宗教改革の指導者で長老派教会を創立した。

全責任において、いわば不本意ながら、想像力豊かな芸術から道徳的な教えを取り除いてみようと思う。

　もし、道徳が守らねば罰せられる行動律となっていたにせよ、道徳が誘惑を避けて、私たちの行く手、そして全世界の行く手から誘惑を阻むよう命じていても、芸術は、その反対に、あらん限りの力と声で、「誘惑を求めよ。誘惑に走って会いに行け。誘惑されるのはこの地においてだ」と言おうとしているように思える。また、芸術は「幸福になれ。惨めになれ。賢明になれ。分別を持て」と言うのではなく、「運命と戦って生きろ、労を惜しむな。落伍者や臆病者にはなるな。恐れてはいけない」と言うのである。次のような内容もメッセージの一部となる。「ワッツ氏が生き、そして真の芸術家が必ず住んだ場所（高い台地で、知性ある幸福という陽光の降り注ぐところ）に住みなさい。決して谷に降りてはいけない。谷間には、重苦しさ、無気力、下層の貧苦、肉欲、姦通が、霧のように漂っていて、それらは、挫折し、失望し、判断力を欠いたとき、人間性を苦しめるものとなる」。

　部屋の突き当りには、非常に印象的な大作『時、死、審判』[11]がある。目を引く絵であることは、芸術家にとって、よくできた絵と言えることになるが、私にはこれが偉大な絵とは思えない。事実、色の組み合わせ、広がり、輪郭線はすばらしいが、どこにも力強い信念が存在しない。

　時は進むものである。それを示すように、（その絵では）時を象徴する若者が手に大鎌を持ち大股で進んでいく。その傍らに死を象徴する彼の妻が疲れ果てた表情で歩き、ゆったりとした衣服のヒダに生命の花を優しく引き寄せている。二人の上には、審判する女性がいる。これらの人物の伝える意味や意図をみると、漠然としているが伝統的手法で描かれている。仮に、何らかの意味があるとすれば、この絵は、あたかも、ワッツ氏が自分自身に、「私は肖像画家だから美しい夕焼けを眺めたり、聖譚曲（オラトリオ）を聴くことで喚起される、ある種の心地よい恐怖感を肖像画家の技巧を用いて描くのだ」と述べたか

---

11) 絵の構図は、時間を象徴する若者と死を象徴する青白い女性が手を携えて歩む。二人の上には審判を下す女性がいる。

のようである。このような絵画は、ミケランジェロも言ったように、芸術とは言えない。(彫刻とは素材が命じるままに彫るものと考えた。) また、ブレイクは、絵画とは、法律家のような書面のようであるべきだ、と述べた。

『愛と死』(1885-7) は、さらに優れており、すぐに注目を引く作品である。他の絵の前では、私たちは漫然と物思いに耽るだけだが、この絵の前にくると、そのメッセージを理解したいと思う。つまり絵の核心を知りたいと思うのだ。「愛」は裸体の人物によって表されている。その人物はのけ反り、後ろに倒れようとしている。そして、「死」は巨体の持ち主であるが、ゆったりとした服を着、頭巾をかぶり、ぞっとするほど恐ろしい。男なのか、女なのか、その顔は隠されたままだ。その顔は画家の考えの中だけにあり、その知識を墓まで持っていく哀れな死者を除けば、「死」の顔をこれまで誰も見たことがない。

このコレクションには含まれていない有名な絵画——『希望』(1885) と題された絵画——について話しておこう。その絵は人々に喜びをもたらし好評を得たが、それはその絵の欠点のためであった。この作品が好まれるのは、誰も作品の意味するところを正確に言えないからである。実際、希望によって生きたクロポトキン[12]やウィリアム・モリス[13]のような人物ならその絵の曖昧さをとても不満に思うことだろう。

実行とその成果の世界では、規則を柔軟に、思想もほどほどにする必要があることから、絵画においても柔和で曖昧な筆致をもつ画家がイングランドでは好まれる。だが、このこととは反対に、芸術というものは曖昧さを排除するものである。白黒がはっきりしている。つまり、想像を突き詰めて追求しなければ、絵画は活力を欠いてしまい、何の効力も発揮しないものとなる。万事に言えることだが、芸術においても活力こそが人の心を和らげる力なのである[14]。

---

[12] ピョートル・クロポトキン (Peter Kuropotopkin, 1842-1921):ロシアの革命家・政治思想家。アナーキストとして知られる。

[13] ウィリアム・モリス (William Morris, 1834-86):詩人・工芸家・社会主義者として知られる。産業革命後のイギリス社会を批判。差別も抑圧もなく、万人が芸術的な活動の中に悦びを見いだす社会を夢見た。

[14] 『希望』はイングランドでは好まれるが、想像力の点で十分な作品となっていないことを

思うに、この種の絵画は、お金に困らない有閑階級の部屋にかけられることになるのだろう（なぜなら、努力せず気ままにしていたいと思う人を対象にしているからだ。）どんなに誤っていようとも、その人たちは過去、現在、未来におけるすべての事を、明るく、微笑みながら眺めるのである。芸術家、詩人、画家の中には――この絵については、ワッツ氏もその一人であるが――、麻薬、アヘン剤、鎮痛薬といった薬物の代用になる芸術作品を求められるといつでも提供できるように常備している者もいる。ミケランジェロは、自分の怖れ、メランコリア[15]が、自尊心から鎮痛薬を受け入れなかったことによる、と考えた。ミケランジェロは、人生のあらゆる現実に正面から向き合った。

　さて、ワッツ氏の手法の欠点をすぐに指摘しようとする方にひとこと言わせて戴きたい。欠点を見つけるのは簡単で常にたやすいことである。いや、それどころか、論理中心で情熱を知らず、理想や詩を好まぬものばかりが住む、この活気に満ちた都市において、彼の芸風は並外れたものと言える。

　この人たちに答えるために、私は「承認および異議」（相手方の主張事実を一応承認すると共にそれを無効にさせる新事実を主張する抗弁）[16]を申し立てたい。

　ワッツ氏の欠点についての指摘を何もかも認めるとしても、イングランドの画家の中に、『誘惑』のような、あの気高いイヴを描ける人物が果たしているだろうか。運命に屈服するとき、何と厳かな態度をとっていることか。その動きには何と律動感と覚悟があることだろう。緊張と、神の掟に背くという恍惚の中、ありとあらゆる神経と筋肉が震えているように見える。ミレー[17]やレイトンやアルマ・タデマ[18]のような、ワッツ氏よりもっと偉大とされる芸術家で

　　述べる。
15) 黒胆汁質。ヒポクラテスの体液説によって分類した4気質の1つ。芸術創造に優れる。
16) confession and avoidance（原文）
17) ジョン・エヴァント・ミレー（John Everett Millais, 1829-96）：ラファエル前派を代表する画家。歴史的・文学的主題を明るい色調と細密な手法で数多く手がける。『オフィーリア』はよく知られている。
18) ローレンス・アルマニタデマ（Sir Lawrence Alma-Tadema, 1836-1912）：ラファエル前

あっても、そのような躍動感を描けなかったことだろう。レイノルズ[19]やゲーンズバラ[20]やヴァン・ダイク[21]も同様である。この中で、ワッツ氏が成し遂げたことを実行できる技巧を持つ人物はいない。ワッツ氏はその技巧で成功を収めたのである。

しかし、ワッツ氏の作品がいつも成功を収めたわけではない。主題に刺激を受け、大いに努力しなければ、不完全なうえにずさんな作品となった。知ってのとおり、ワッツ氏は長い人生を生き抜いたが、感性が豊かで好奇心が旺盛だったためか、仕事を仕上げるのに手間暇を要した。

ここで、しばらく、ワッツ氏その人について簡潔に述べさせていただこう。私たちが知る限りでは、彼はきわだって謙虚で、慎み深い人物である。それは、ミケランジェロについては言うに及ばず、偉大な思想のために仕事をした人間すべてに言えることである。『最後の審判』が完成したとき、イタリア全土に賞賛の嵐が起こり、諸侯や枢機卿や詩人は互いにこぞって敬意を表した。ミケランジェロは、彼らを相手にせず、一蹴した。「私が敬虔な信者であれば、次のような言葉だけで十分でしょう」と述べ、客の一人に、「私は、神から授かった技のおかげで仕事をし、寿命を延ばしてきた一介の貧乏人に過ぎません」と答えた。芸術家や詩人が気取って偉そうな態度をとるのは、ある意味で、バイロン卿にも言えることだが、深遠な思想をもたずに仕事をしているからである。そんな態度をとるのは、彼が率直さや誠意に敬うべきものを認めていないばかりか、自分の運命や感覚より素晴らしいものを見いだしていないからである。芸術のための芸術とは、多くの詩人もそうであるように、人生を煩わし

派の画家。古代ローマを復元した絵画で評判を博した。

19) ジョシュア・レイノルズ（Sir Joshua Reynolds, 1723-92）：18世紀ロココ期のイギリスを代表する肖像画家。高貴な人物の肖像画を数多く手がけた。英国絵画史上、最も重要な画家の一人として認知されている。

20) トマス・ゲーンズバラ（Thomas Gaisborough, 17297-88）：風景画・肖像画を描いた。気高い、優美な人物像を描いた。

21) アンソニー・ヴァン・ダイク（Anthony Van Dyck, 1599-1641）：フランドル出身の画家。イングランドで主席宮廷画家として活躍した。チャールズⅠ世の肖像画で知られる。

く思う人々のためのものである。また、同じく、思想を重んじない人々のためのものである。偉大な芸術家もまた、私たち自身に似た人間なのだ。彼ら自身も普通の人間であり、その人格から芸術が生み出されるのである。

　では次に、最高の敬意を表して衝撃的な意見を述べさせていただきたい。宗教画家として、ワッツ氏は失敗した。それというのも、彼は失敗するべくして失敗したのだと思えたことを。

　精神界は、15、16世紀の人々と同じように、私たちにとっても、大切なものである。だが、私たちの時代では、表に集約されたデータ、思考の順序、科学的推測、慎重に計画された実験などを用いてその深奥を追求しようとする。例えば、ミケランジェロは、あらゆる物は彫刻で表現される、と述べたが、事物は、決して絵や塑像だけで表現（再現）できるものではない。

　言うなれば、自然の女神は同じものを決して造らない、ということであろうか。自然の女神は自らの宗教画家を生み出してきたが、その全盛期は終わった。ワッツ氏は不可能なことに挑もうとしていた。

　遠い昔、人々は、天使、大天使、聖人、神々、女神、預言者、巫女、地下世界の悪魔、天使を含む超自然的な神性、また、ワッツ氏が『愛と人生』という絵に描いたような天使の存在を含む、あらゆる超自然的存在を信じていた。しかも、矛盾することなく、実に生き生きとした姿でその存在を信じていた。こうした天使や神々の姿を描いた画家は、目を凝らして作品の出来映えを見る人々の厳しい批評にさらされながら絵を描いた。現在では、この美しくも恐ろしい神々や天使の代わりに、嵐や雷などの自然の力を描いている。

　ワッツ氏の『愛と人生』（1885）という絵を取り上げてみよう。その絵は壮大な主題を扱っている。文明世界の精神は、一様に、その解決の道を探ってきた。しかし、この絵は、そのタイトルを表現しきれていない。「人生」は、手探りでつまずきながら岩の階段を上る、物乞いのように弱々しい人物として表現されている。だが、これだけでは、「人生」の不幸な側面しか表現していない。ミルトン[22]が見たなら、軽蔑したことだろう。ワッツ氏は、自分が描いた

---

22) ジョン・ミルトン（John Milton, 1608-74）：叙事詩 *Paradise Lost* (1667)で知られる詩人。

イヴを思い出すべきであった。「愛」は、力強い天使として描かれている。厳密に言えば、「愛」が力強い天使ではないからこそ、あらゆる悩みの種が私たちに降りかかるのである。『希望』（1885）という絵が、貴婦人の私室に置かれるとすれば、両手の指を組み天に向かって祈るだけで人生が救われる、と思うような人の小部屋に掛けられるべきであろう。

『イヴの悔恨』（1865-97）では、青雲の間から、冷たい光が突然現れ、背中と肩を輝かせる。ここに、昔のベネチアにあるような、青、黄、白の調和を見る。そのため、微妙にではあるが、動悸を打つ、むき出しの肌の暖かさをいやが上にも感じるのだ。だが、幸いにも、ワッツ氏が描いているのはそれだけではない。雲の切れ目から光る雷によって、ワッツ氏は、罪を犯した者にも救いが存在することを象徴している。だが、誰が関心を持つのだろう。この象徴をミケランジェロの絵にみる象徴と比較してみよう。ミケランジェロの絵では、創られたばかりで、半ば目覚めたアダムが華麗なけだるさで腕を上げ、神の知識を受け止めようと神の人差し指に触れようとしている。この場合、私は『愛と死』を含めるつもりはない。その絵は、私には、いかなる意味においても、宗教画とは言えないからである。この絵は、何の教義や神秘的教義も暗示していないし、この絵からは何の感情も受け取れない。芸術家は、努力によってとてつもない効果をあげ、私たちの前に、今も私たちと常にある確かな事実を示してきた。その絵は偉大ではあるが、宗教的な絵ではない。

ワッツ氏は、賞賛する言葉もないほど素晴らしい肖像画家である。鑑賞者に主題への興味を湧かせる点でも、あらゆる画家の中で群を抜いている。大部分の絵の前に人が立つと「肖像画とはなんと退屈なものだろう。なぜ、こんなものが展示されているのだろう」と言うだろう。もしくは、「とても上手な画家だが、描かれている人物は少しも美しくない」と言うかもしれない。ところが、ワッツ氏の絵を前にすると、私たちはその顔に関心を持つ。そして、好悪の感情を抱くか、好奇心をかき立てられる。

ワッツ氏の職人芸とも言うべき肖像画家としての腕前は、厳しい批評に晒されながらも創作活動をしてきたからこそ、完成の域に達したのである。肖像画なら誰でも理解できる。愚か者でも、自分が描かれていると、その絵に関心を

抱くものだ。

　ワッツ氏が空想的な作品を生み出すのは、丁寧だが無関心な状況下で描かれるときである。ワッツ氏は、この時代で最も著名で知的な人々に囲まれて生きたが、その中で孤高でありえたのは、不思議な逆説といわざるをえない。ワッツ氏が道を誤っても、教えてくれる人物はいない。同じように、正しい道を歩んでも反応はない。芸術家に関心があっても、その作品には興味がない。この高尚な心を持つ世捨て人は、自らの絵で世に偉大な思想を与えようと努めたが、教養ある俗物たちに感銘を与えただけだった。そんな人は、人物に興味を抱いても、その考えや絵には興味がない。私の友人がグローヴナー・ギャラリーの招待展示の内覧（一般公開に先立つ）に招かれたときのことである。「みんな、私のビロード製のコートには興味を持つが、絵のことは誰も尋ねてこない」とワッツ氏が貴婦人に話しているのを漏れ聞いた。

　昔のイタリアはこうではなかった。せっかちなユリウス教皇の傲慢な命令で、ミケランジェロが、システィナ礼拝堂[23]の天井画半分を披露したことがあった。そのとき、彼はそれぞれが芸術に対し情熱を持つ国民の審判を甘んじて受けなければならなかった。── 彼らがどんなに暴力的で、迷信深い、無知な者であろうとも、または軍人や殺人犯であろうとも ──。

　「イタリアが最高の芸術を生み出したのは、イタリア人が平凡であることを嫌うからだ」とスペインの画家がミケランジェロに述べたことがある。私たちは、陶工がこねる土のようなものである。魔王のように孤高な存在を装っても、所詮無理である。芸術家とは、みずからが受け取るものを創り出すだけである。共感を求め、仲間を欲するのは、飢えや渇きと同じで本能によるものである。真の芸術家にとって、厳しい批評は母の愛のように励みとなる。ワッツ氏が厳しい批評を欠いたとき、作品と思想の両方で精彩を欠いてしまった。

　一つだけ言えるとすれば、ワッツ氏がダブリンで生きていたなら、もっと不遇な人生を送っていただろう。表面上は礼儀正しく丁重に扱われても、関心を

---

[23] ミケランジェロは、システィナ礼拝堂の天井壁画の制作をユリウス2世に命じられた。1508年から制作開始した、この有名な天井画は1512年に完成。神による救済を絵画化したもので、旧約聖書『創世記』の9場面を中心に構成される。

持たれなければ、優れた作品とはならない。かといって、否定的な批評ばかりではだめになってしまう。

　かつて、小さくとも強力な国家が存在した。今の時代には、そのような国は数多くあり、関心を持たれることもなくなった。その国に、一人の詩人が誕生したことから、その国の人は彼を古今に通じる詩人にしたのだ。彼らは、その詩人を選ぶと、知っている限りのことを教えた。伝えるべき優れた遺産があったのだ。そして、その詩人が人々の意を受け、偉大な劇を創り出すとき、彼はいつも人々と共にあった。彼は、人々に与えられたものを何十倍にもして返した。

　イングランドはこのときシェイクスピアの国となった。

　詩人は、私たちの中にいつもいる。困難なのはどのようにして詩人を見いだすかである。「干草の束のなかで縫針を探す」ようなもの、という諺にもあるように、探しても見つけられない存在なのだ。

　だが、ひとつ確かなことがある。郷土を愛さぬ哲学者には詩人を見つけることはできない。彼らは郷土の荒廃をそのままにしておいて、それを静寂、いや文化とさえ言い換えた。この種の批評家たちは、自分たち以外の存在を認めようとしないのだろう。いや、そうではない。一つだけ、彼らが自分以外に敬服するものがある。それは、「既成事実」、すなわち、世俗的出世である。仮に、ワッツ氏がダブリンで生まれていたなら、インドの文官を目指し、おそらく試験にも合格して、その道を選んだことだろう[24]。

＊以上は、ダブリンのハイバーニア・アカデミーで、1907年の春に行われた講演報告である。
　この講演は「芸術の原理」（"The Rationale of Art"）と題して, 1907年 *Shanachie* (113-26) に掲載された。
原題："Watts and the Method of Art" (1907)
　利用したテクストは以下のものである。
　Yeats, John Butler. *Essays: Irish and American*. Dublin and London: The Talbot Press Ltd., 1918.

---

24) イギリス本国で出世の望めぬアイルランド、スコットランドの人々はインドなどの植民地で文官として出世を考える者が多かったという。

G. F. ワッツ「希望」、1886（テート・ブリテン美術館所蔵）

G.F. ワッツ「ウィリアム・モリス」、1870
(ナショナル・ポートレート・ギャラリー所蔵)

〈解説〉

肖像画家と詩人
― ジョンとウィリアム ―

日下　隆平

　それでも、ワッツ氏に言わなかったことがある。これまで一度も会ったことはなかったが、何年もの間、私がワッツ氏の勤勉な弟子であったこと。そして、絵を描くことの真の意味と、私たち大勢が画家を志望するきっかけをワッツから学んだことを。　　　　　　　　　　　　（ジョン・イェイツ「G.F.ワッツと芸術の手法」）

　…私は父の真似ばかりしていた。描くものも肖像画ばかりだった。そして今日でさえ（詩を書くときも）、どこかを背景にして人々がポーズを取っている姿をいつも画家の目で観察している。　　　　　　　　　　　　　　W.B.イェイツ『自叙伝』

はじめに

　ジョン・バトラー・イェイツ（John Butler Yeats, 1839-1922：以下ジョンと略）は肖像画家として出発するが、のちに『アイルランドとアメリカからのエッセイ』[1] を出版するなど、随筆家としても知られている。このエッセイ集は、アイルランド、イングランド、フランス、アメリカなどの民族性の比較など幅広い人間観や絵画などの芸術論に関する内容が中心となっている。それは1918年にダブリンとロンドンで同時に発行され、同年再版された。この年は、イースター蜂起の2年後に相当し、シン・フェーン党が4分の3の議席数を獲得するなど、アイルランドのナショナリズムがピークに達した時期に当

---

1) John Butler Yeats, *Essays: Irish and American* (Dublin and London: The Talbot Press Ltd., 1918).

たる。つまり、イースター蜂起、アイルランド独立戦争などが続き、アイルランド自治が最大の民族の悲願となった頃である。史実をみる限りでは、アイルランドが自由国成立直前の混迷状態であったことを想像するのであるが、このエッセイの中で、ジョンの筆致はきわめて冷静であり、ヨーロッパ在住の思想家としてのスタンスを失うことがない。この作品の最大の特徴を挙げるとすれば、ナショナリズムの高揚がまったく感じられないことであろう。それ以前の10年ほどの間に書いたエッセイを纏めたものであるとはいえ、著書の内容は、芸術、教育、文化そして人間論についてのエッセイが主であり、急を告げる政治課題とかけ離れたテーマが、当時の現実にそぐわない気がするのは私だけの印象だろうか。この点にこそ、実は、この著書が発信するメッセージの核心があるように思われる。

　W.B. イェイツ（William Butler Yeats, 1865-1939）は、ジョンの長男であるが、成長過程で父親から大きな影響を受けてきたことは、ジョセフ・ホーンを初めとする、さまざまな伝記的研究で論じられてきた。また、イェイツによる『自叙伝』、『書簡集』などで、イェイツ自身がその過程を明らかにしている。その一方で、肖像画家、思想家としてのジョンに関する、邦文資料は、これまでのところ極めて少なく、たとえあっても、イェイツ研究の副産物の程度のものにすぎない。こうした点から、本論では、『アイルランドとアメリカからのエッセイ』を中心に、肖像画家、思想家としてのジョンの足跡を辿り、彼の思想の一端を知るのが目的である。その場合、当然のことながらイェイツへの影響関係も検討することになるであろう。その全体像については別の機会に扱うことにして、この小論では、ジョンが家族とロンドンのノースエンドとベッドフォードパークで過ごす頃を中心に検討してゆく。年代では、ヘザリー美術学校に入学した1867年から19世紀末にかけてである。ふたつの場所は芸術家たちの接点であり、特にベッドフォードパークは多方面の芸術家が交流する場所となった。そのなかには、ジョンのようなアングロ・アイリッシュの芸術家たちも少なからずいた。冒頭に引用したふたつの文のうち、上はジョンが師と仰いだ画家ワッツについて、下はジョンが幼年期のイェイツにとって大きな存在であったことを語る回想である。

この著書の巻頭文を書いたA. E.（ジョージ・ラッセル）は、ジョンの息子のイェイツとほぼ同年であり、キルデアストリートの美術学校で知り合って以来、アイルランド文芸復興運動を通じて交友を深めた。二人はアベー座の運営について反目し一時は疎遠な間柄になったこともあったが、ラッセルが亡くなった際には、イェイツはその死を悼み、「A. E.はもっとも古くからの友」と弔意を表した。彼は、青年時代のイェイツにとって、優れた批評家であり、また影響力のある友でもあった。イェイツが神智学協会（Theosophical Society）と係わりを持つようになったのは、彼の影響によるところが大きい。A. E.はこの巻頭文でジョンについて、肩の力を抜き「あるがままに生きること」を大切にした画家であると、老子の教えを引き合いに出し讃えている。「彼の天賦の才は、他人の人間性を楽しむ人間的魅力」であると述べている。

　最後に、付言しておきたいのは、ジョンが遅咲きの画家であったことである。高い評価を受けたのは60歳を越えてからだった。また、挿絵画家としても知られ、ダニエル・デフォーの『ロビンソン・クルーソーの冒険』に描いた優れた挿絵[2]がある。その挿絵はロビンソンに近代人の内面性を表現したことでも、評価されている。

1

　ジョンは、1839年、ダウン州で教区牧師を父親にして生まれた。ダブリンの、トリニティ・コレッジに進み、古典文学、形而上学、論理学を専攻した後、アイルランドでもっとも伝統あるキングス・インで法廷弁護士になるべく勉強を続け、弁護士資格（バリスター）を得た。しかし、ダブリンの最高法廷（Four Courts）は刺激がないばかりか窮屈極まりなく、その雰囲気に嫌気がさして、進路の転換を決意する。1867年にロンドンに移ると、画家としての修

---

[2] デイヴィッド・ブルーエット著、ダニエル・デフォー研究会訳『ロビンソン・クルーソー挿絵物語 ― 近代西洋の二百年（1719-1920）―』（大阪：関西大学出版局、1998）。

業を開始することになる。当時としては、例を見ないまったく正反対の世界への転身であった。このようなジョンの転身には、以下のような挿話が引き金となったことをマーフィ（William Murphy）[3] は述べている。もともとジョンは法律書などよりスケッチブックを愛好する人物であった。ジョンの絵に画家としての才能を見抜いたのが、友人ダウデン（Edward Dowden, 1843-1913：UCD英文学教授）であった。ダウデンはスケッチを見るうちに、然るべき人物に画才を見極めてもらうよう勧めたのが事の始まりだったという。結局、ダウデンがロンドンの『ファン』誌編集長フッド（Tom Hood, 1835-74）に見てもらうことにした。フッドからの返事を待っている間のことである。最高法廷では、時間を持て余した若いバリスターたちが、暖炉にあたたまりながら法廷に招集されるのを待っていた。その中には、何年間も仕事依頼のない同僚もいた。ジョンは、いつものように、スケッチブックを携え、裁判中の風刺画を描いていた。暇で時間を持て余していたのである。こんなとき、ジョンが、ある重要な裁判で弁護を務めたマックダナウのスケッチを描いたことがあった。ジョンに悪気はなかったものの、当のマックダナウがそれに気づいて、激怒する一件があったという。直接的にはそれが原因で最高法廷を去ることになったといわれる。その上、ジョンを思い切った転身に駆り立てたことが他にもあった。ちょうど、この時期にトム・フッドから心待ちしていた返事がきたのである。フッドはジョンのスケッチが気に入り、ロンドンのマガジン・ビジネス界に紹介してもよい、という申し出をしてくれた。そればかりか、何枚かのスケッチを雑誌に掲載する約束までしてくれたのである。マーフィーが言うように、ジョンにとって、最高法廷での事態が深刻であっただけに、その申し出は渡りに船であった。しかし、ジョセフ・ホーンによれば、ジョンが芸術を志したのは、もっと若い頃のことで、マン島でのアソール・アカデミー中等学校時代に遡るといわれる。同校の同学年に『パンチ』誌編集長として知られる、マーク・レモンの息子が優れた図画教師として勤務していて、ジョンの画才を

---

[3] William M. Murphy, *Prodigal Father: The Life of John Butler Yeats, 1839-1922* (Ithaca and London: Cornell University Press, 1978), pp.49-52.

見い出したと言われる[4]。

　ロンドンでは、ヘザリー美術学校（Heatherley's Art School）[5]で絵の修業を開始すると、画家への道を志した。ジョンが美術学校で親友となったのが、サミュエル・バトラーであった。ジョンは、後述するように「サミュエル・バトラーの想い出」の中で、バトラーの青年時代の生き生きとした人物像とともに、この美術学校についても回想している。このエッセイは、残りの5編のエッセイと共に、『アイルランドとアメリカからのエッセイ』として纏めて出版された。それから、約10年間、イギリスの芸術家達と共に過ごした後、彼は家族を連れてダブリンに戻った。その後、画家としての仕事が主になり、もはやかつてのように法曹界に戻ることは二度となかった。

　1887年に、再び、ロンドンに転居する。ロンドンで彼が住んだのは、ベッドフォードパークであった。ここでの生活は、著名な芸術家とも知り合い、画家として恵まれた14年間だった。

　62歳で、ダブリンに帰ってくると、7年間滞在しただけですぐ、娘のリリーを伴って、アメリカを訪問する。その後、彼は滞在を延ばし14年間を過ごした。主にニューヨークで、肖像画家、思想家、哲学者として活躍し、そのまま、帰国の途につかず、1922年に没した。

　簡単に、ジョンの生涯について概略を記しておく[6]。

1839年　北アイルランドダウン州タリーシュ（Tullyish, Co.Dowm）で生まれる

1849年　リヴァプールの学校で初等教育を学ぶ（Miss Davenport's School）

1851年　マン島にあるアソール・アカデミー（The Athol Academy）入学

1857年　トリニティ・コレッジ（Trinity College, Dublin）入学

---

[4] Jhon Butler Yeats, *Letters to his Son W. B. Yeats and Others, 1869-1922*, ed. Joseph Hone (London: Secker & Warburg, 1983), p.27.

[5] 同美術学校は、Walter Crane, Rossetti, Burne-Jonesなど多くのラファエル前派の有名画家を輩出した。

[6] Douglas N. Archibald, *John Butler Yeats* (London: Bucknell University Press, 1974), p.13.左記の年譜を一部変更の上利用したものである。

1862年　トリニティ・コレッジ卒業後、キングス・インで法律を学ぶ。
　　　　父の死でキルデア州の地所を相続
1863年　スライゴーのポレックスフェン家のスーザンと結婚
1865年　W. B. イェイツ（1865-1939）誕生
1866年　法廷弁護士の資格バリスター付与される
1867年　ロンドンのヘザリー美術学校入学
1869年　アカデミースクールへ
1872年　最初の注文を受ける
1880年　ダブリンへ戻る
1887年　ロンドンのアールズコートへ。その後ベッドフォードパークに移る
　　　　妻スーザンの発病
1900年　妻病死
1901年　家族はダブリンへ戻る
1908年　リリーとニューヨークへ
1917年　イェイツとジョージ結婚
1918年　インフルエンザから肺炎を病む。『アイルランドとアメリカからのエッセイ』出版。
1920年　W.B. イェイツ夫妻ニューヨークを訪ねる。
1922年　ニューヨークで病死

　ジョンが画家の修業を始めた19世紀後半のイングランドとはどのような社会であったのだろうか。一般的には、イングランド社会は、産業化とそれによる負の側面、フェミニズムと社会改革、都市の人口集中に伴う大衆文化の発達など、さまざまな文化の位相で、大きな変化がみられた時代であった。ヴィクトリア朝を代表するミドルクラス中心の物質的価値観は、振り子のように反対に揺れ、中世の精神世界、異文化などへの憧れを生んだ。それらは、アーノルドの言う「イングランドの国民性を補完する」要素であった。この傾向を、チャンドラーは中世主義（Medievalism）という用語によって説明したが、芸術面ではラファエル前派の絵画の特徴にみることができる。この傾向は、絵

画だけでなく、思想、建築様式、文学、街の開発など広く人々の思想に影を落とした。建築ではゴシック建築復興を唱えた、ピュジーン（Augustus Pugin、1762-1832）のような人物がいる。彼は、様式は精神を反映するものと考えた結果、カトリック教徒へ改心を果たした。それは、ヘンリー・ニューマン（John Henry Newman, 1801-90）のオックスフォード運動へと繋がる。又、その水脈はアイルランド文化復興という現象にも通じるものとなった。大英博覧会（1851）は、水晶宮（クリスタルパレス）といわれるガラスと鉄で造られた建築物で行われた。それはヴィクトリア朝の物質的繁栄を象徴するものであったが、その一方でジョン・ラスキンは俗悪な建築物と批判する。ラスキンによれば、建築物とはそもそも精神を映しだすものである。たとえば、彼は教会建築の知的な力として「崇拝」と「支配」を挙げ、「自然石」で建造された教会を建築物の理想と見なした[7]。いわば、ミドルクラスの価値観を修正する時期であった。ジョンはこのような時代環境の中で画家修業を始めた。イェイツが作家としての第一歩を踏み出すのは、1880年代後半のことであったが、その頃イェイツが知る芸術家の多くは、父の周辺にいる画家であった。『自叙伝』の中で語っているように、当時は、ラファエル前派の運動がもっとも影響力をもった時期であった。

2

前節でジョンの生涯について概略を述べたが、ジョンは家族をスライゴーの親戚に預け、ダブリンを後にして1867年から2年間単身で、ヘザリー美術学校に通い職業画家となるべく修業を積んだ。そこで知り合ったのがサミュエル・バトラーである。「サミュエル・バトラーの想い出」（1917年）のなかで、バトラーの人間的魅力とともに、イングランド上流階級の人間との間には埋められない距離がある、のをジョンは語っている。バトラーの一面を語る一方

[7) ジョン・ラスキン著、杉山真紀子訳、『建築の七燈』（東京：鹿島出版会、1997年）, p.105。

で、イングランド社会の一員となることを許されぬ、イギリス系アイルランド人（Anglo-Irish）としての自画像を描いている。サミュエル・バトラーは、『エレホン』(*Erewhon,* 1872)『万人の道』(*The Way of All Flesh,* 1903) で、後になってから作家としての地位を不動のものとしたが、その頃はまだ、一介の画学生に過ぎなかった。しかも、「才能のない」画学生に過ぎなかった。彼の作品で発売当時に利益が出たものは『エレホン』のみであり、それも微々たるものであった言われる。一部には「風刺文学として『ガリヴァー旅行記』以降最上のもの」（オーガスティン・ビレル）として迎えられたものの、彼の存命中に真の評価はなされなかった。

　バトラーの父親は英国国教会の主席司祭であったが、バトラーは命令に背き、父と異なる道を希望した。若くしてニュージーランドに渡ると、4年間の滞在で、牧場経営で成功を収め、帰国してからヘザリー美術学校で本格的に絵画修行を始めた。理想としたのは、15世紀ベネチアの画家ジョヴァンニ・ベリーニであった。バトラーと知り合ったのはこの頃のことである。バトラーは、ユーモアに富み、魅力ある人物だったが、自分に絵の才能がないことに気づき始め、失意の日々を送っていた。ジョンは彼をよく知るようになって、「詩や芸術の根源にある、人間性そのものに心を打たれるのを感じるようになった。バトラーともっと長く過ごしていたなら、人生の教えを瞬く間に学べていたことだろう」と讃えている。

　バトラーが生まれつき身につけている立ち居振る舞い、言葉遣い、芸術的趣向には、上流階級の雰囲気が感じられた。また、彼は、古典、シェイクスピア、『種の起源』、それに聖書だけを好んで読んだ。その中でも彼の一番の愛読書は『種の起源』であった。気に入った後輩の中から慎重に人選し、本を貸し、読むことを勧めるほどだった。しかし、バトラーには、「なお正統な信仰があるのは疑いない」、とジョンは信じた。また、バトラーに「上流階級」(class) に特有の保守的な価値観を感じ取っていた。

　また、アイルランドの人間に馴染めないものとして、バトラーの持つ「シニカルな態度」を挙げている。ジョンは、それをイングランドの上位中産階級に特有のものと考えている。「イングランドには、ふたつの冷笑がある。ひとつ

は、ロンドン子が話すコクニーに感じるもので、誰にも尊敬されないものだ。もうひとつは、大学やパブリック・スクールで身につけるものである。それは否応なく人に尊敬を無理強いさせるものである。アイルランド人は対等の関係を好む。それに比べて、イングランドの人間は、自分より劣った人間といるのを好む。そうでないとくつろげないのだ」と述べている。つまり、イングランドの人間は階級的な格差をいつも人間関係に持ち込もうとしたがる、とジョンは見ている。それゆえ、若者たちは、周囲の望むままにパブリック・スクールや大学に入ると、高慢な態度を身につける、と述べている。彼の見方の真偽のほどは別にして、バトラーに人を小馬鹿にするようなシニカルな態度を感じる一方で、深い人間的な優しさ感じさせる素晴らしい魅力を感じた、とジョンは回顧している。冷笑の背後にある、人間への優しい感情をバトラーに感じ取っている。

> 人間性とは、傷つきやすく、もがき、欺かれるものだと、バトラーは考えたが、それは、母親の子供への愛情にも同じことが言えよう。そこにこそ、彼の「善良さ」と影響力の源があるのだ。この点にこそ、彼はイングランド人の中でもとりわけイングランド人らしさを示している。……［中略］……彼は、優しいユーモアとこの上なく真の詩情で、人を癒しながら、苦悩する人間の心すべての痛みを慰めた。
> （「サミュエル・バトラーの想い出」）

「サミュエル・バトラーの想い出」は、バトラーに代表される当時のイングランド知識層の空気を伝えただけでない。むしろ、当時のイングランド社会で、ジョンのようなアングロ・アイリッシュが何を感じ、イングランドをどのように考えたかという点で、興味深い。つまり、この時代の政治的枠組みの中で、ジョンがどのようなアイデンティティを保持したのかという点である。ジョンの育ったアルスター地域はスコットランドの出身者が多い。アーチボルドによれば、アルスターの長老派協会信徒に感じられる頑なで偏狭な宗教的態度であった。政治的にはイギリスへの忠誠心がある一方で、カトリック教徒にみられるナショナリズムに対する強い蔑視があった[8]。その意識は当然のこと

---

8) Douglas N. Archibald, *op.cit.*, p.31.

ながら、イェイツにも引き継がれたものの、ジョンのアルスター地方とイェイツのスライゴーでは、イングランドに対する感情が異なっている。アイルランド西部で育ったイェイツの場合は「スライゴーでよく知っていたものは皆，ナショナリストやカトリック教徒を軽蔑する一方で、みなイングランドを嫌っていた」と、語っている（『自叙伝』4章）。幼年期の環境をたんに比較するなら、アルスターで育ったジョンのほうが精神的にイングランドと近かったと言えないだろうか。とはいうものの、イギリス系アイルランド人の宿命とも言える、アイルランドとイングランドへの不明確な帰属意識は、ジョンとイェイツに共通した感情であった。冒頭で、このエッセイについて、アイルランド自由国成立直前の混迷状態にあって、高揚したナショナリズムがまったく感じられない、と述べた。芸術、人間というテーマ設定そのものが、時代の緊急課題とかけ離れていることを指摘した。実は、これこそが微妙な問題に発言できない、プロテスタントのイギリス系アイルランド人の立場を示している、と言える。

このエッセイで印象的なのは、ジョンがバトラーを偶然窓から見かけるときである。

> 思い出すのは、最後にバトラーを見かけた時のことである。ロンドンの中心街から離れたところにある宿に宿泊し、一人朝食の席についていた。その前夜、私は、7、8年ぶりにアイルランドから出てきたところだった。その席から、バトラーが通り過ぎようとするのを見かけたのだ。うれしさと驚きで、彼を呼び止めようと、急いで窓を上に開けた。しかし、よくよく思案した結果、悲しいことだが、はやる心を抑えた。私は窓を閉め、食事に戻った。「イングランド人側から招かれていないのに、こちらから押しかけて邪魔をしてはいけない」と考えたのだった。
> 　　　　　　　　　　　　　（「サミュエル・バトラーの想い出」）

バトラーは過去の親しい学友であっても、社会、階級間で厳然とした隔たりがあるのを、ジョンに思い出させた。アイルランド人のジョンからすれば、バトラーは「頭からつま先まで上流階級」のイングランドの人間だった。「上流階級」の人びとは、階級への自負が肌のように身に張り付いているため、信仰、妻子、財産、そして名声さえ手放したとしても、そのことを悔やむことは

ない、と思えたのであった。

　バトラーが認められたのは、かなり後になってからのことである。バジル・ウィリーによれば、「バトラーは50年早すぎた反ヴィクトリアニズム論者」で、「ヴィクトリア朝の宗教、ヴィクトリア朝の家庭生活、ヴィクトリア朝の道徳および科学にたいする反撥が頂点に達した時期においてだった」[9]。そのバトラーに対してさえも、ジョンは厳然とした壁と距離を感じたのであった。バーナード・ショーがロンドンに出てゆく10年前で、アイルランド土地同盟、アイルランド自治運動がますます激しさを増すなかで、グラッドストーンによってアイルランド自治法案が議会に出される頃の話である。

3

　1879年ベッドフォードパークへ一家が転居したのは、イェイツが14歳の時だった。当時のイェイツは「すべてがラファエル前派」("I was in all things Pre-Raphaelite.")だったのである。だが、イェイツのラファエル前派への傾倒ぶりをよそに、ジョンは次第にその運動から遠ざかり、コロー（Jean Baptiste-Camille Corot, 1796-1875）などのフランスの印象派の画家に関心を抱くようになっていった。とはいえ、父親の影響から脱し、独自のアイデンティティを確立するのは容易なことではなかった。イェイツの『自叙伝』[10]（Ⅷ）の中で、ベッドフォードパークに関する記述がある。ジョンの話から子供心にそこは、「ロマンティクな空想を刺激してやまない」街だった。建築家のリチャード・ノーマン・ショー（Richard Norman Shaw, 1831-1912）が設計に係わり、「城壁」が街を取り囲み中世風の街並みをイェイツは思い浮かべた。実際その街に住んでみると、ジョンの誇張もあったものの、「ディ・モーガンの瓦、ピーコックブルーのドア、そしてモリスによるザクロの絵模様や

9）バジル・ウィリー著、松本啓訳『ダーウインとバトラー：進化論と近代思想』（東京：みすず書房、1979年）、P.70。

10）William Butler Yeats, *Autobiographies* (London: Macmillan, 1955), pp.42-59.

チューリップの絵模様」などと較べると、ヴィクトリア朝中期の見なれた木目模様・薔薇模様などのデザインが趣味悪く思えたことを述べている。それもそのはずで、ベッドフォードパークは、初めて街が総合的に設計された郊外住宅地であり、中世的最後の様式であるチューダー様式を真似たクイーン・アン様式で設計された街であった。本論冒頭で述べたように、ラファエル前派の特徴は中世主義という文化・思想的傾向の流れを汲むことから、この街並みはゴシック復興の現象のひとつと言えた。したがって、ラファエル前派の芸術家たちが好んでここに住んだのも当然のことと言える。例えば、このグループの一人、モーガン（William de Morgan, 1839-1917）は陶磁器やタイルの絵付け師としてだけでなく、赤レンガ建築でもその名が知られている。余談であるが、G.K.チェスタトンは『木曜の男』で、ベッドフォードパークをサフロンパークという名で扱い、「建物はみなまっ赤な煉瓦でできていて、建物が空に描く輪郭はおよそ奇妙なものであり、この郊外の平面図も決してまともなものではなかった」。さらに、設計者は「空想家で、芸術にも関心を」持っていた。この場所を、彼は芸術的で「世間離れした魅力」に富む場所と述べている。そこで知りあったのは、ファラー（Farrar）、ポッター、ウィルソンであった。イェイツのラファエル前派への傾倒は、『自叙伝』、書簡、初期の作品からはっきり見て取れる。そもそも彼がその作風に関心をもったのは、父ジョンの影響であった。『自叙伝』で、「私の父の仲間はラファエル前派の運動の影響を受けたものの、自信を喪失しかけた画家」であった、とイェイツは述べている。その画家たちとは、ネトルシップ（John Nettleship, 1841-1902）、エドウィン・エリス（Edwin Ellis, 1848-1916）、ジョージ・ウィルソン（George Wilson, 1848-90）などの人物である。ラファエル前派の中核的な人物バーン＝ジョーンズがネトルシップの知人であったことからも理解できるように、ロンドンにあって画家の交友は、狭い社会であった。

　ラファエル前派の出発点は、ミドルクラスが支持する歴史画や肖像画に反発して、ラスキン（John Ruskin, 1819-1900）の支持のもとに1848年に生まれたものである。メンバーは、ホルマン・ハント（William Holman Hunt, 1827-1910）、ロセッティ（Dante Gabriel Rossetti, 1828-82）、ミレー（John Everett

Millais, 1829-96）などであった。写実的でありながら、色彩の組み立て、細密描写によって中世的イメージ、非日常的世界を描きだした。花模様、女性像を特徴とし、アーサー王物語、シェイクスピア、キーツーなどの作品中の場面をテーマにして描いた。その後、ウィリアム・モリス（William Morris, 1834-96）とエドワード・バーン＝ジョーンズ（Edward Burne=Jones, 1833-98）とが加わった。1870年代になると、その同盟は解体されたが、その画風は1890年代まで続き、ヴィクトリア朝期の画風を代表するものとなった。マリオ・プラッツ（Mario Praz）はラファエル前派をロマン主義の流れにあるものとみなした。その観点からすれば、ファンタジーに耽るのを許容できる豊かな社会があってこそ存在しうる芸術と言えた。

　イェイツは初期の劇詩『アシーンの放浪』（The Wanderings of Oisin, 1889）にみるように、彼の作品に豊かな色彩、神話的テーマなどのような、ラファエル前派の絵画的イメージを多くとどめている。そこには、その頃のジョンとその周辺の芸術家が描いた雰囲気がその作品には色濃く残っている。

　1887年イェイツが22歳の年にベッドフォードパークに再度移ってから、多くのラファエル前派の画家たちとの交遊を深めた。後年、彼は「ラファエル前派の最後の段階の真只中で思索をすることを学んだ」、と回想している。当時のロンドンでは下火となりつつあった芸術運動が再び息を吹き返し、人々の関心を呼ぶようになった。ロセッティは1882年に死去したが、それに伴って、彼を偲んで一連の展覧会が開催され話題となったのもその一例である。

　イェイツの世代にとって、ラファエル前派とは、ロセッティ、バーン＝ジョーンズ、モリスたちのことを言った。彼はジョンからロセッティを知るわけであるが、とくにジョンが好きだったのは、ロセッティの女性画であった。ジョンのロセッティへの感情をよく示す次のような逸話がある。ある時、ジョンの習作『ピパ・パッシズ』（Pippa Passes, 1869）[11]　がたまたま著名なロセッティの目に留まり、その絵がたいそう気に入り自宅にジョンを招こうとしたことがあった。彼はその申し出を丁重に断わるが、後年になって辞退したのを

---

11) Pippa PassesはRobert Browningの同名の詩から題材を得て描いたジョンの絵画。

悔やんでいる。ジョンの回想によると、「ロセッティに会うのは宮廷の大広間で催される宴会の座につくようなもの」、と語ったように、偉大な画家に畏怖の念に近い感情を抱いていた。これ以外にも、回想によると、これと似た経験をしている。例えば、彼の絵を見て著名詩人ロバート・ブラウニング（Robert Browning, 1812-89）が訪ねてくれたが留守にしていたこと、作家ジョージ・メレディス（George Meredith, 1828-1909）と知り合う機会を逸したこと、あるいは、前述したように、久しぶりにサミュエル・バトラーを見かけたが、声をかける好機を逸したこと、などである。彼らは当時の著名な画家や作家ばかりである。イェイツが言うように、ジョンはロンドンの高名な画家と知りあうことよりも、「夕なぎで動けない船にも似た」、気心が知れ、気楽で、成功とは縁遠い仲間たちといるのを好んだ。これは彼のアングロ・アイリッシュの意識とどこかで通じるものであった。イェイツは、幼年時代の核となる感情を「イギリス系アイルランド人の孤独感」と言い表しているが、その感情とジョンの躊躇いはどこか似たものがある。

　こんな中にあって直接的、間接的にも、父の影響はイェイツの精神的な成長過程で大きな影を落とした。それについては、イェイツが『自叙伝』の中で詳しく語っている。絵画、文学、芝居の好み、教育方法など広い範囲で、父の強烈な個性によるところが大きい。『古代ローマの詩』、『アイバンホー』、『最後の吟遊詩人の歌』、チョーサーの『カンタベリー物語』などを朗読してくれた。さらに、アービング（Henry Irving, 1837-1905）演じる『ハムレット』の観劇に連れていってくれたこともジョンの影響のひとつである。

　また、詩に関しては「父が美しい叙情詩の一節として好むものは、端正な美の背後に生身の人間を感じるからであった。だから父は好ましい、身近な生き方を示すものを常に求め続けていた」（XV）。イェイツは『悲劇的世代』で1890年代を振り返るとき、「ロセッティが無意識の影響、それもおそらく誰よりも強力な影響を及ぼした人物」と述べている件がある。このロセッティも、ブレイクとともに画家詩人（Poet-Painter）として、父親から薦められた画家であった。ロセッティを初めて見たとき、ギャラリーの「他の絵が霞んでしま

う」ほどの印象さえイェイツは感じた。その父の影響から少しずつ離れてゆくのが、心霊研究や神秘主義に関心を持ち始めた頃であった。少年新聞についても、ジョンは、少年新聞が平均的少年や大人向きに作られているという理由から、読むのを禁じた。

　また、もうひとつのジョンの教えはラテン語学習であった。精神を鍛錬する方法として、ラテン語学習を勧めている。ジョンは、地理学や歴史などの勉強は精神を鍛えるものにはならないとし、普段の読書から必要とする知識を学ぶべきであると、彼に説いている。また、イェイツはそのやり方を肯定して、次のように述べている。「父からギリシア語とラテン語だけしか教わらなくとも、まずまず教養ある人となっていただろう。また、(原文を読んでいれば) 下手な翻訳文を通じて私の血肉となった書物に無用の憧れを感じる必要もなかったであろう」。これに関連した内容は、「故国追想」において、民主的という名の下に昔ながらの良い習慣が何かにつけ失われてゆくのを、ジョンは悔やんでいる。昔の容赦ない教育方法は、生徒たちに耐え難いものであったが、評価すべき点も多く、知らぬ間に個性を消滅させるようなことはなかった。厳格さばかりが目立つスコットランド人教師による古典語教育は、昔ながらの拙い教え方だったが、古典語を学ぶ上でも、精神を鍛える上でも有効だった、というのが古典教育についてのジョンの見解であった。

4

　ジョンが肖像画や挿絵を描き始めたのは、ひとつには生活の糧を得るためであった。それ以外にも、ラファエル前派のような過度に装飾的な描写が、ジョンの「あるがままに」描く手法と次第に相容れなくなっていったことなども理由として考えられる。もうひとつに、ワッツの影響がある。

　挿絵については、この頃、挿絵画家の地位が急速に高まった時代であった。小説の説明としての機能よりも、独立した作品としての意味を持つようになった。それは、ディケンズ (Charles Dickens, 1812-70) とジョージ・クルック

シャンク（George Cruikshank, 1792-1878）のような挿絵画家との関係をみても、その傾向は明らかである。冒頭でも述べたように、ジョンもまた、『ロビンソン・クルーソーの冒険』の挿絵を描いた。彼は挿絵に若い女性を描くときはいつも娘のリリーをモデルにしたといわれるが、この挿絵でもフライデーは別として、彼女をモデルにしている。ダニエル・デフォー（Daniel Defoe, 1660-1731）による、『ロビンソン・クルーソーの冒険』は発売以来、数多くの挿絵画家の手になる挿絵本を生み出してきたが[12]、それは、イングランドでは「島の統治者となり、自立できない人々の守護者」（ブルーエット、149頁）という理想化されたクルーソー像がイングランドの国民像と重なり人気を博してきたからである。さて、ジョンは3巻からなる同書の挿絵を1895年に描き出版している。同時代のジョゼフ・フィネモアが描いた、それまでのイングランドの君主を思わせる勇猛果敢なクルーソー像とは異なり、むしろ「孤独な生活の現実感」を感じさせるものや、家庭をとるか、あるいは、島再訪かで板挟みとなり苦悩する、クルーソーの姿は現代人の内面を描いてみせる。

『アイルランドとアメリカからのエッセイ』の最終章に「ワッツと芸術の方法」（1907年の講演）が収められている。ワッツ（George Frederic Watts, 1817-1904）とは、19世紀を代表するイングランドの画家である。肖像画、寓意画を得意とし、カーライル、モリス、バーン=ジョーンズなど多くの肖像画を描いている。この中で、ジョンは肖像画家としてのワッツについて、「イングランドがこれまでに生んだ最大の肖像画家であった。肖像画家とはみなされないブレイクを除くと、ワッツは、堂々とした手法で、壮大な主題に取り組んだ画家であった」と賞賛している。そして、その後で次のような印象深いひと言を語っている。「わたしはワッツに言わなかったことがある。それは、これまで一度も会ったことはなかったが、何年もの間、私は彼の勤勉な弟子であったこと、ワッツから絵を描くことの真の意義を初めて学んだこと、なぜ、私や他の者やこの職業を選ぶ気になったのか、についてである」(78)。ジョ

[12) デイヴィッド・ブルーエット著、ダニエル・デフォー研究会訳『ロビンソン・クルーソー挿絵物語 ― 近代西洋の二百年（1719-1920）―』（大阪：関西大学出版部、1998年）、pp.149-81。

ンは、ワッツに打ち明けることはなかったが、肖像画家の道に進むきっかけを与えてくれたのは、ワッツの肖像画であったことを告白している。後の話であるが、尊敬するサージェント（John Singer Sargent, 1856-1925：アメリカの肖像画家）やワッツよりも、横溢するような人間性という点で、ジョンの絵画のほうが優れている、とアメリカ人画家ロバート・ヘンリ（Robert Henri, 1865-1929）が褒めてくれたとき、ジョンの喜びが、どれほどのものであったかは容易に想像できる[13]。同様に、青年時代のイェイツは、父親の影響からロセッティやミレーとともに、「当代の最も優れた絵画はワッツの作品と考えていた」[14]ことを述べている。

　また、ジョンは肖像画とは何か、ということについてもワッツから学んでいる。ワッツは、モデルになって欲しい人物しか描かなかったという。つまり、最高の肖像画とは、モデルと画家との間に信頼関係が構築されている場合にのみ描かれるのだ、と述べている。実際、ジョンは若い女性を描く場合、そのモデルにリリーをよく描いた、また、幼年期からイェイツをモデルにした数多くの素描や絵画が残っている。ジョンは「ありのままに描く」ことの重要性をイェイツによく語ったというが、それは、ありのままに描けば、見るものは画家の見方によって違ってくるからである。「肖像画描きの技術は、主に解釈の技術なのである」。肖像画家一人ひとりによって、解釈は異なるものである。このように描くために、必然的に、画家が関心を持つ、個々に異なる曲線、影の部分、眉や目の形を描くことから、画家はモデルの意志の強さ、人生経験など感じ取っていくのである。それを具象化するのはモデルとの友情関係であった。それについて、ジョージ・ラッセルは次のような賛辞を書いている。

　　ジョンの肖像画はすべて、男女を問わず、彼の愛情が添えて描かれているようだ。モデルが誰であろうと、ジョンはきわめて見事に描いた。若者、老人を問わず、彼の肖像画に描かれた人物には、その眼差しを通して語りかけてくる魂のようなものがある。彼の肖像画を見た後では、いつの間にか私はその人物に好感を抱くように

---

13) John Butler Yeats, *Letters to his Son W.B.Yeats and Others, 1869-1922, op.cit.*, p.184

14) William Butler Yeats, *Essays and Introductions* (London, Macmillan, 1961), p.xii.

なった。先に彼の絵を見ていなければ、その人物をこれ程まで好きになることは、きっと、なかっただろう。(A. E.「推賞の言葉―ジョン・イェイツの魅力―」から)

終わりに

　ジョンはアイルランドでも新聞に時折寄稿していたが、1908年ニューヨークに行ってからは生計の手段として、新聞、雑誌などに寄稿し、講演も行っていた。この著書に収められたうち、4編はアメリカ滞在中に雑誌に掲載されたものであり、残りの2編はアイルランド滞在中に書いたものである。『アイルランドとアメリカからのエッセイ』に収められた6編を順に掲載誌と掲載年月日(1907年～1917年)をつぎに記載しておく。
　「サミュエル・バトラーの想い出」(*The Seven Arts*, 1917)、
　「故国追想」(*Harper's Weekly*, 1911)、
　「なぜイギリス人は幸福なのか―あるアイルランド人から見たイングランド人の基質―」(*Harper's Weekly*, 1907)、
　「シングとアイルランド民族」(*Harper's Weekly*, 1911)、
　「現代の女性― 興味深い新たな女性像について―」(*Harper's Weekly*, 1911)、
　「G. F. ワッツと芸術の手法」(1907年Hibernian Academy講演)
　「シングとアイルランド民族」では、アイルランドの人びとは、まだ中世時代に暮らしているかのようだと言いながらも、人生には、たんに生計を立てることよりも、もっと重要なことがあるだという論点を主張しようとしている。以上6編のエッセイから構成されている。また、これらのエッセイは、イースター蜂起の前後で、ナショナリズムがピークに達する頃に出版されたものである。それにも拘わらず。アイルランドの教育を理想化する記述はあっても、高揚したナショナリズムがまったく感じられない。しかしよく読んでみると、明確な主張ではないが、底流にヴィクトリアニズムに対してそのカウンターパートとなるアイルランド文化が浮かび上がってくる。

全体的にみると、テーマとして共通するのは時間と距離である。「サミュエル・バトラーの想い出」、「故国追想」では過去のアイルランド精神からみたイングランドについて、「シングとアイルランド民族」、「現代の女性」では遠く離れたアメリカからイングランドをアイルランドと比較しながら述べている。「ワッツと芸術の手法」ではワッツと著者との係わりが述べられていて、肖像画家としてのジョンの原点を知ることができる。どのエッセイでも、緊急の政治課題とはほど遠い、芸術、教育、人間についてテーマが中心となっている。実は、この点こそ、この著書の核心であり、イギリス社会に身を置くジョンの社会的立場をよく表すものである。また、それぞれのエッセイにはこの時代へのジョンの警鐘が込められ、その強烈な個性が感じられるものとなっている。このような点からも、このエッセイ集は詩人イェイツを知る手がかりとなるのはもちろんであるが、当時のアングロ・アイリッシュの立場の理解に役立つものとなろう。

参考文献

A. Books by John Butler Yeats:

Essays: Irish and American. Dublin: Talbot; New York: Macmillan, 1918.

Early Memories: Some Chapters of Autobiography. Churchtown, Dundrum: Cuala Press, 1923.

B. Essays:

"The Rationale of Art." *The Sanachie* 2 (1907): 113-26. Reprinted as "Watts and the Method of Art" in *Essays Irish and American*.

"Why the Englishman is Happy: An Irishman's Notes on the Saxon Temperament." *Harper's Weekly* 54 (August 13, 1910): 10-1. Reprinted in *Essays Irish and American*.

"Back to the Home: An Irishman's Reflections on Domestic Problems and Ideals." *Harper's Weekly* 55 (April 29, 1911): 12-3. Reprinted in *Essays Irish and American*.

"Synge and the Irish: Random Reflections on a Muchdiscussed Dramatist from the Standpoint of a Fellow-Countryman." *Harper's Weekly* 55 (November 25, 1911): 17. Reprinted in *Essays Irish and American*.

"The Modern Woman: Reflections on a New and Interesting Type." *Harper's Weekly* 55

(December 16, 1911): 24-5. Reprinted in *Essays Irish and American*.

"Recollections of Samuel Butler." *The Seven Arts* (August, 1917), 493-501. Reprinted in *Essays Irish and American*.

C. Correspondence:

Passages from the Letters of John Butler Yeats. Selected by Ezra Pound. Churchtown, Dundrum: The Cuala Press, 1917.

Further Letters of John Butler Yeats, Selected by Lennox Robinson. Churchtown, Dundrum: The Cuala Press, 1920.

John Yeats: *Letters to his Son W. B. Yeats and Others, 1869-1922*. Edited with a memoir by Joseph Hone. London: Faber and Faber, 1944; New York: E. P. Dutton, 1946.

"John Butler Yeats to Lady Gregory: New Letters." Edited by Glenn O'Malley and D. T. Torchiana. *The Massachusetts Review* 5 (Winter 1964): 269-77.

SECONDARY SOURCES:

Archibald, Douglas N. "Father and Son: J. B. and W. B. Yeats." *The Massachusetts Review* (Summer 1974).

Ellmann, Richard. *Yeats: The Man and the Masks*. New York: Macmillan, 1948.

Hone, Joseph. *W. B. Yeats 1865-1939*. New York: Macmillan, 1943, 1962.

_____. "Memoir of John Butler Yeats" in John Yeats *Letters to his Son W. B. Yeats and Others, 1869-1922*. London: Faber and Faber, 1944; New York: E. P. Dutton, 1946.

Jeffares, A. Norman, *W. B. Yeats: Man and Poet*. London: Routledge and Kegan Paul, 1949, 1962.

_____. "John Butler Yeats," *In Excited Reverie: A Centenary Tribute to William Butler Yeats, 1865-1939*. Edited by A. Norman Jeffares and K. G. W. Cross. New York: Macmillan, 1965.

Murphy, William M. "Father and Son: The Early Education of William Butler Yeats." *Review of English Literature 8* (1967): 75-96.

Pyle, Hilary. *Jack B. Yeats: A Biography*. London: Routledge and Kegan Paul, 1970.

Yeats, William Butler. *Autobiographies*. London: Macmillan, 1955, 1961.

_____. *The Letters of W. B. Yeats*. Edited by Allan Wade. London: Rupert Hart-Davis, 1954.

Bryant, Barbara. *G.F. Watts Portraits: Fame & Beauty in Victorian Society*. London: National Portrait Gallery Publications, 2004.

Murphy, William M. *Prodigal Father: The Life of John Butler Yeats, 1839-1922*. Ithaca and

London: Cornell University Press, 1978.

邦文
ジョン・ラスキン著、杉山真紀子訳『建築の七燈』東京：鹿島出版会、1997 年。
バジル・ウィリー著、松本啓訳『ダーウィンとバトラー：進化論と近代思想』東京：みすず書房、1979 年。
デイヴィド・ブルーエット著、ダニエル・デフォー研究会訳『ロビンソン・クルーソー挿絵物語 — 近代西洋の二百年（1719-1920)』大阪：関西大学出版部、1998 年。
G.K.チェスタトン著、吉田健一訳『木曜の男』東京：東京創元社、1960 年。
サミュエル・バトラー著、北川悌二訳『万人の道』上・下　東京：旺文社、1977 年。

訳者あとがき

　ジョン・バトラー・イェイツ著『アイルランドとアメリカからのエッセイ』
　著者は20世紀英語圏を代表する詩人ウイリアム・バトラー・イェイツの父親としてよく知られるが、肖像画家、挿絵画家、エッセイストとしても有名な人物である。20世紀初頭イギリス文壇の中心にあったエズラ・パウンド（Ezra Pound, 1885-1972）は、ジョンが息子に宛てた1911年から1916年までの書簡を編纂している。パウンドほどの人物が書簡の編集をしている事実からしても、ジョンがたんなる画家としてだけでなく、文筆家として評価されていたことが頷ける。その本の序文でジョンの文体と思想について、次のように述べている。「その文体は散文として優れていると決して言えないが、文体のリズムと偶発的に生じる押韻によって、恰も夢の中で語られているような雰囲気を醸し出している。ゆったりと、夢と生の中をたゆたうような感覚が彼の深遠にあるものを引き出すものとなっている」[1]。（要約）このパウンドの指摘はジョンのエッセイを読むと、ときたま見え隠れするジョンの深い思想を暗示するものとなるだろう。
　このエッセイ集にジョージ・ラッセル（AEまたはA.E.）の序文とともに、ジョンの6編からなるエッセイが収録されている。これらのエッセイは、主として『ハーパーズ・ウィークリー』などアメリカの雑誌に掲載された。書名を『アイルランドとアメリカからのエッセイ』と訳したのは、これらのエッセイがいずれもアイルランドとアメリカからイングランドを比較および回想する内容となっているからである。また、近年ラッセルについて語られることはそれほど多くないが、彼はアイルランド文芸復興運動の中心人物のひとりである。ふたりは年齢が近く美術学校の頃から旧知の間柄であり、初期の作品、

---

1) Yeats, John Butler. *Passages from the Letters of John Butler Yeats. Selected by Ezra Pound*. Dublin:The Cuala Press, Churchtown, Dundrum, 1917.

『影深き海』ではラッセルの意見を取り入れたこともあった。アベー座運営に関して見解を異にして一時は疎遠になったが、ラッセルの死に際して、「もっとも古くからの友」とイェイツは弔意を表した。後に、イェイツは『オックスフォード現代詞華集1892-1935』の撰者に任じられることになるが、ラッセルの詩を7編（100-7）選び、彼を高く評価した。ラッセルはこの巻頭文の中で、ジョンについて「自然のままに生きること」を尊重した人物で、その人間的魅力こそが「天から授かったもの」であると讃えた。またラッセルはジョンに老荘思想と似たものをみているが、彼の書簡を編集したパウンドもジョンと同様であったのは、興味深い偶然である。両者には時代を先取りする能力が備わっていたとも言える。

　ジョンのエッセイは、国民性、あるいは民族の特徴を含めた広い人間観、教育論、新しい女性像、ワッツの芸術に関する内容である。発行は1918年のことである。この年は、イースター蜂起の2年後であり、シン・フェーン党が4分の3の議席数を獲得するなど、ナショナリズムがピークに達した時期である。つまり、イースター蜂起、アイルランド独立戦争などが続き、アイルランド自治が最大の民族的関心となった時期である。史実をみる限りでは、このすぐ後にイギリス・アイルランド条約が批准され、その条約をめぐって市民戦争が行われた時期である。アイルランド自由国成立直前の混迷状態であった。ところが、このエッセイで、ジョンの筆致はきわめて冷静であり、ひとりの思想家としてのスタンスを失うことがない。この作品の最大の特徴を一点挙げるとすれば、表面上はナショナリズムの高揚がまったく感じられないことであろう。著者がすでに渡米後であったことを割り引いても、それは同様である。著書の内容は、芸術、女性論、文化そして人間論についてのエッセイが主であり、急を告げる政治課題と乖離したテーマが、何か当時の現実にそぐわない気がするのは私だけの印象だろうか。実は、この点にこそ、この著書の置かれている立場の核心があるように思われる。ラッセルはその序文で、「いつも心を刺激し自ずと思索に向かわせる、ジョンの話し振りを思い出す時、読者は彼の深い思想に思い至る。ただ、それは何気なく語られるために、ややもすると読者はその深い意味を見落とすことがある」と述べている。この言葉はジョンの

思想を繙くヒントになりはしまいか。何気なく書かれた文の行間にこそ、ジョンの深い知恵が感じられる。その行間をよく読めば、深く沈殿したところにアイルランドのナショナリズムが感じられる。またもうひとつの興味深い点は、19世紀末のイギリス系アイルランド人（アングロ・アイリッシュ）の自画像であろう。以下、各章を簡単に要約しておく。

第1章 「サミュエル・バトラーの想い出」　　（*The Seven Arts*, 1917）
『エレホン』、『万人の道』でよく知られる作家サミュエル・バトラー（Samuel Butler, 1835 - 72）に関する回想である。ジョンはロンドンのヘザリー美術学校で偶然サミュエル・バトラーと修業時代を送ったが、その頃の回想である。ともに年嵩の学生であることから、二人は画学生として親しくなった。このエッセイで興味深かったのは、植民地アイルランド出身のジョンと本国でも貴族的な階級バトラーとの関係である。つまり、19世紀イングランドで、イギリス系アイルランド人が宗主国イングランドとアイルランドの間でどのような帰属意識を持っていたか、という点であった。「バトラーは頭からつま先まで「上流階級」のイングランド人であった。「上流階級」のイングランド人は、信仰、妻子、財産、そして名声さえ手放したとしても、そのことで臆することはないだろう。彼らには階級への自尊心が心底身についている。アクセント、表現、身振り、言い回しに、階級を表す痕跡を入念に残している」。そのバトラーに数年後ロンドンで偶然会うことになった時のジョンの感情には、イギリス系アイルランド人の心情が感じられる。また、この回想は、W.B. イェイツの『幼年期と青春期の回想』（『自叙伝』）と重ねて読むと、親と子の両面が見えてくるため興味深い内容となる。

第2章 「故国追想」　　　　　　　　　　　　（*Harper's Weekly*, 1911）
アイルランドでは、子供に対して、学校教育より家庭教育が強い影響力を持っている。これは、イングランド貴族がパブリックスクールなどの教育を重視するのとまったく逆の現象といえる。アイルランド人は、学校以外の場所で多くの知恵を学んで成長する。アイルランド人の誇りは、自分が非凡で他民族

とは違った存在と思うことである。私たちが好きなのは、人間性そのものなのである。だから、人間性があふれ出る会話は至上のものなのである。アイルランドとイングランドの民族性、文化とを比較する中でアイルランド人的なものがイングランドに必要なことを述べたものである。「シングとアイルランド民族」と並んで民族主義的香りが底流に流れる内容である。

第3章 イングランド人が幸福なのはなぜなのか ― あるアイルランド人から見たイングランド人の気質 ―　　（*Harper's Weekly*, 1907）
　ひとりのアイルランド人の立場から、イングランドとフランス両国民の思想、価値観の相違について述べたエッセイである。フランス人は生まれながらにして優れた才能、教育、知性を備えているのに対して、イングランド人は、これらを欠くため、明確な規則を定め違反すると刑罰を課す必要がある。鞭に打たれて教育され、厳しい規則と法の遵守によって、理性ある人間というより、よく訓練された存在となる。地理的条件そして歴史が彼らの行動様式に与えた影響などを考慮しながら、フランス人とイングランドの人々の思考法を較べ、イングランドの特殊性を示そうとしたものである。

第4章 「シングとアイルランド民族」　　（*Harper's Weekly*, 1911）
　滑稽なアイルランド人、つまり、深刻ぶらず、笑いをとって生きる道化者というのが、イングランド社会におけるアイルランド人のステレオタイプであった。シングの劇は、これとはまったく対照的なアイルランド人像を示している。アイルランド人の性質には、精神的かつ詩情あるものを好み、宗教的な神秘を糧に豊かな想像力を育んでいく資質がある。現代にあってはアイルランド人のような生き方が評価され、それが求められる時期が来ている。文明社会においては、すでにそのような兆候が生まれている。ニューヨークに住む、若い女性が言っていたことだが、彼女がアイルランド行った時の一番の楽しみは、長い冬の夜にかまどの火を囲んで行う隣人たちとのおしゃべりであるという。このような温もりこそ絆のない文明社会には求められることを述べている。マシュウ・アーノルドを彷彿し、ケルト復興の残滓が濃いエッセイである。

第5章 「現代の女性 ― 興味深い新たな女性像について ―」

(*Harper's Weekly*, 1911)

　19世紀末によく目にするようになった「自信に満ちた女性」について述べたものである。こうした新しい女性を世に生みだしたのは、アメリカだった。この男性的な女性の特徴を述べるのもさほど難しいことではない。その資質は天性のものというよりむしろ後天的なものだからである。このような女性が出現したのも、世の男どもがかつての紳士のように立派でないからだ。しかし、女性と男性の資質は根本的に異なる役割を持っている。従来、女性には神秘が宿り、詩人に授けるような知恵を持っていた。今はそのようなものが消え去り、女性は男性と同じ方向を目指している。著者によれば、男性と女性は資質を異にすることから、役割も違うのである。それ故、女性本来のものを目指すべきであることを述べている。すなわち、知恵は力に勝り、力にとって代わるものである、ことを。

第6章 「G.F.ワッツと芸術の手法」

(1907年 Royal Hibernian Academy 講演)

　ジョン・イェイツはダブリンの法廷弁護士からロンドンへ行って肖像画家の道を進んだ。彼の転身のきっかけとなったG.F.ワッツについて書かれたものである。ワッツは「イングランドが生んだ最も偉大な肖像画家」であるが、その一方で壮大な宗教的主題に取り組んだ画家であった。この文はダブリンで開催された王立美術院主催のワッツ展における記念講演である。それだけに、肖像画だけでなく、『愛と死』、『時間、死、審判』、『イヴの誘惑』、『イヴの悔悟』、『カインの悔悟』など、ワッツの宗教画についてジョン独自の解釈が述べられ興味深い。ジョンはラファエル前派運動の流れからワッツについて語りながら、モデルと画家との間に求められるもの、また肖像画や絵画全般に関するジョンの考え方なども披露している。エッセイ集中で白眉といえるものと言える。

(日下　隆平)

J.B. イェイツ「ジョージ・ラッセル」、1903（アイルランド国立美術館所蔵）

J.B. イェイツ「若き日の詩人」、1900（アイルランド国立美術館所蔵）

■訳者紹介

監訳者
日下　隆平（くさか　りゅうへい）

兵庫県生まれ
桃山学院大学国際教養学部教授
イギリス・アイルランド文学専攻（W. B. イェイツ周辺）

訳　者
藤居　亜矢子（ふじい　あやこ）

大阪府生まれ
桃山学院大学国際教養学部兼任講師
イギリス文学専攻（A. トロロープ）

肖像画家の回想
― アイルランドとアメリカからのエッセイ ―

2013年4月10日　初版第1刷発行

■著　　者 ── ジョン・バトラー・イェイツ
■監 訳 者 ── 日下隆平
■発 行 者 ── 佐藤　守
■発 行 所 ── 株式会社 大学教育出版
　　　　　　　〒700-0953　岡山市南区西市855-4
　　　　　　　電話(086)244-1268㈹　FAX(086)246-0294
■印刷製本 ── サンコー印刷㈱

© Ryuhei Kusaka 2013, Printed in Japan
検印省略　　落丁・乱丁本はお取り替えいたします。
本書のコピー・スキャン・デジタル化等の無断複製は著作権法上での例外を除き禁じられています。本書を代行業者等の第三者に依頼してスキャンやデジタル化することは、たとえ個人や家庭内での利用でも著作権法違反です。

ISBN978-4-86429-208-5